FALLING
DARK
STARS

C.S. King

Lektorat und korrektorat: www.wortverzierer.de

Coverdesign: www.kreationswunder.de

ISBN: 9783758302695

Herstellung und Verlag: BoD - Books on Demand, Norderstedt

Playlist

Golden – Harry Styles

You broke me first – Tate McRae

Put Your Records On – Ritt Momney

Someone You Loved – Lewis Cpaldi

Wonder – Shawn Mendes

Midnight Sky – Miley Cyrus

Lost – clide

Young & Sad – Noah Cyrus

Cause when there are dark stars between us, we just can fall.

Kapitel 1

Carrie

Der Schnee knirscht unter meinen Füßen. Al-les riecht frisch, neu und ein wenig verwan-delt. Es ist erst Ende November und schon liegt der erste Schnee. Als ich vor einer guten Stunde meinen Vorhang zur Seite gescho-ben habe, konnte ich meinen Augen nicht trauen. Mit einem Mal war ich hellwach und bin es noch. Das kann nicht wahr sein!

Obwohl ich meinen Tag gern damit begin-ne, es mir mit einem Kaffee im Bett gemüt-lich zu machen und mit einem Buch in der Hand langsam wachzuwerden, ist heute alles anders. In Windeseile habe ich geduscht, Mascara aufgelegt und meine Haare in einen Dutt hochgesteckt. In Jeans, Shirt und meinen liebsten Boots bin ich zum ersten Mal in die-sem Jahr in meinen beigen Mantel geschlüpft und habe Faye angerufen.

Bevor ich ein Wort sagen konnte, hat sie gemault, dass ich so früh anrufe. Aber das konnte meine Laune nicht trüben. Erst als ich ihr endlich den Grund für meinen Anruf er-klärt habe, ist sie verstummt. Zu meinem Bedauern kam von ihr jedoch nur ein »Oh.« Keine Freude über den Schnee und auch nicht darüber, dass in achtundzwanzig Tagen Weihnachten ist.

Anfängerin, denke ich, als ich mich in unse-rem Lieblingscafé anstelle und zwei Pumpkin Spice Latte zum Mitnehmen besorge. Da Faye nur fünf Gehminuten ent-fernt wohnt und ich es keine Sekunde länger zu Hause ausgehal-ten habe, hole ich sie ab, um mittags zur Uni zu laufen.

Wenige Minuten später trete ich mit den herrlich duftenden Bechern nach draußen. Die Vormittagssonne bringt den Schnee zum Strahlen und ich muss blinzeln, um mich an die Helligkeit zu gewöhnen.

Ehe ich mich versehe, stehe ich vor Fayes Tür. Wie immer dauert es einen Moment, bis der Türsummer ertönt und ich endlich rein kann. Meine Beine fühlen sich wahnsinnig kalt an, trotzdem möchte ich gern draußen bleiben. Ob ich Faye ihren Kaffee bringen, mich dann vor die Eingangstür setzen und einfach den Schnee genießen soll? Dann wer-de ich sicherlich krank und kann die nächsten – hoffentlich noch verschneiten Tage – nicht genießen.

Ich wäge meine Optionen ab, bis ich schnel-ler als erwartet im vierten Stock ankomme. Die Wohnungstür steht offen, doch von mei-ner Freundin ist weit und breit nichts zu se-hen. Ich schmunzle, stoße die Tür mit dem Fuß ein Stück weiter auf und trete ein.

»Morgen!«, rufe ich und klinge vielleicht ei-ne Spur zu fröhlich. Als Morgenmuffel könn-te ich mich selbst gerade kein Stück ertragen.

Ein weniger erfreutes Grummeln erklingt aus dem Schlafzimmer. Da ich die Hände dank der Kaffeebechern voll habe, versuche ich die Tür mit meinem Ellenbogen zu schlie-ßen. Nach mehreren Anläufen gelingt es mir endlich und ich streife mir die Boots von den Füßen, ehe ich ins Schlafzimmer eile. Faye liegt bäuchlings auf dem Bett, Beine und Ar-me von ihrem Körper gestreckt und das Ge-sicht in ihrer Bettdecke versteckt.

»Rettung ist da«, singe ich und stelle einen Becher auf ihren Nachttisch. Dann nehme ich endlich den ersten Schluck von meinem Kaf-fee. Ein verträumtes Summen kommt mir über die Lippen und ich stelle ihn zu dem an-deren. Allerdings nur kurz, um meine Tasche abzulegen, meinen Mantel an die Garderobe zu hängen und meine Jogginghose anzuzie-hen, die ich für solche Fälle hier deponiert habe. Faye hat ebenfalls eine bei mir liegen, dabei sind wir meist in ihrer Wohnung. In meinem Ein-Zimmer-Apartment kann man sich gerade mal im Kreis drehen. Ich bin zwar stolz auf das kleine Heim, aber es ist etwas anderes, wenn wir uns dort zu zweit aufhal-ten. Ich habe nicht mal ein Sofa. Wir müssen es uns immer auf meinem kleinen Bett oder auf dem Boden davor gemütlich machen.

Hier ist das anders. Wenn wir nur wenig ar-beiten oder auch mal gar nicht, sitzen wir auf dem Bett oder Sofa. Wenn unsere To-Do-Listen länger sind, haben wir an Fayes Ess-zimmertisch genug Platz, um alle Unterlagen aufzubereiten und konzentriert und vor allem produktiv zu sein.

Heute ist ein Bett-Tag.

Mit meinem Laptop und dem Kaffee setze ich mich auf die freie Hälfte.

»Warum so früh?«, jault Faye und dreht sich auf den Rücken, um mich mit ihrem Kaffee in der Hand halb liegend, halb sitzend anzu-schauen.

»Warum so böse?«

Sie schnaubt, trinkt einen Schluck und schließt die Augen. »Hättest du bloß deine Vorhänge zugelassen.«

Ich schnappe mir eins der Kissen und haue sie damit, doch das scheint sie wenig zu stö-ren. »Wenn du so wei-termachst, setz ich mich nach draußen!«, ermahne ich sie, kann mir das Lachen aber nicht länger verkneifen.

»Pff! Machst du eh nicht.« Wo sie recht hat … »Unsere Vorlesung heute Mittag fällt übri-gens auch aus.«

»Wie jetzt?«, frage ich verblüfft und lasse mich nach hinten fallen. Nicht recht wissend, ob ich mich freuen oder traurig sein soll, star-re ich aus dem Fenster. Ich hab so auf diesen Tag hingefiebert … Darauf, ein, zwei Stunden zu arbeiten, gemütlich zur Uni zu laufen, dem Professor zu lauschen, anschließend im Café ein wenig zu schreiben und irgendwann nach Hause zu gehen, wenn es bereits dunkel ist, und mich nach einer heißen Dusche ins Bett zu verkrümeln. Den Schneeflocken zu-zuse-hen, die sich langsam auf meinem Dachfens-ter ansammeln, und davon zu träumen, wie alles einmal sein könnte. Mir den Moment vorstellen, in dem ich das erste Mal ein Buch von mir in der Hand halte. Eine Geschichte, die ich geschrieben habe. Eine, die mich be-schäftigt und in der ich mich völlig verlieren kann. Dieser Moment ist mein großes Ziel für das kommen-de Jahr. Okay, ich sollte damit aufhören, denn das zieht mich nur weiter run-ter.

»Hast du heute noch nicht in den Plan geguckt?«

»Nein, ich hab mir den Schnee angeschaut.«

»War ja klar.«

»Du bist morgens wirklich überhaupt nicht zu ertra-gen.«

»Mag sein.« Faye grinst mich an und ich kann ihr nicht länger böse sein. Ich verstehe sie ja.

Ich öffne meinen Laptop und nippe an mei-nem Kaf-fee. Die Frage, was wir den ganzen Tag machen, brennt mir auf der Zunge, aber ich ermahne mich, Faye ein paar Minuten zum Wachwerden zu geben. Also trin-ke ich meinen Kaffee fast aus, checke meine Mails und freue mich, als ich sehe, dass tatsächlich eine neue An-frage reingekommen ist. Ich überfliege die Mail und ein wohlig warmes Gefühl breitet sich in mir aus. Endlich wieder ein Langzeitprojekt!

Seit ich meinen Lebensunterhalt durch Ghostwriting verdiene, taumle ich von wenig bis gar keinen Aufträ-gen zu vielen hin und her. Erst seit einigen Wochen pendelt sich alles ein. Ich weiß inzwischen, wie viel ich in welchem Zeitraum schaffen kann, wann es zu viele Projekte werden und ab welchem Zeit-punkt ich mir langsam etwas Neues suchen sollte. Weswegen ich vor zwei Tagen einen Aufruf in einer Facebook-Gruppe gestartet und eigentlich nicht mehr mit einem solchen Angebot gerechnet habe. Die Besten kommen normalerweise recht zeitnah, dieses Mal schein alles ein wenig anders zu sein. Grin-send lese ich mir die Stichpunkte erneut durch.

- 3 Wochen Zeit
- Wortziel: 60.000
- das meiste ist bereits recherchiert
- frei von Rechtschreibfehlern

Mein Herz schlägt vor Aufregung schneller. Ich liebe es, an Büchern zu schreiben, auch wenn sie nicht für mich sind. Nichts Persönli-ches. Lange oder kurze Texte, ganz egal, Hauptsache, ich kann schreiben.

»Grinst du jetzt auch wegen dem Schnee deinen Laptop an?«

»Ne, ich hab einen Auftrag!«, quietsche ich und drehe mich zu Faye. Ihre Augen sind immer noch klein, aber sie sieht inzwischen deutlich fitter aus.

»Glückwunsch.« Sie lächelt mich ehrlich be-geistert an. Faye ist wohl der einzige Mensch, der meine Liebe zur Literatur wirklich ver-steht. Da sie selbst schreibt, habe ich das Ge-fühl, dass wir einander und das, was wir ma-chen, verstehen. Verstehen und akzeptieren. Mit dem Unterschied, dass Faye eigene Bücher schreibt. Geschichten, auf denen ihr Na-me steht.

Faye ist der erste ehrliche und aufrichtige Mensch in meinem Leben. Bei dem Gedanken fängt mein Herz an, noch schneller zu schla-gen. Ich habe Angst, so zu den-ken, weil ich Angst davor habe, dass sie irgendwann wie-der weg ist. Jedoch habe ich noch nie eine so auf-richtige Person wie sie kennengelernt. Und so, wie wir miteinander harmonieren, hoffe ich, dass unsere Wege sich nicht so schnell trennen. Was soll also schiefgehen?

»Hast du schon gefrühstückt? Erst mal kommen die wichtigen Fragen und wenn ich richtig wach bin, reden wir über alles andere, okay?«

»Ne, habe ich nicht. Soll ich dir helfen?«

Faye lacht auf. »Wenn ich länger liegen bleibe, schla-fe ich wieder ein. Also nein. Aber danke.« Damit ver-abschiedet sie sich und lässt mich allein zurück. Ich schaue ihr nach, bis sie in der Küche verschwindet, und höre noch, wie die Kühlschranktür aufgezogen wird.

Erst dann wende ich mich ab, drücke auf Antworten und bestätige, dass ich den Auftrag gern annehmen möchte. Anschließend checke ich die sozialen Medien, ob irgendwo ein neuer Kommentar aufgetaucht ist. Meist han-delt es sich dabei nur um ein plumpes PN oder schlichtes Interesse. Manchmal nerven mich diese knappen Antworten und das aus der Nase Ziehen al-ler Informationen. Warum kann man nicht einfach auf Augenhöhe ver-handeln? Ich bin ein wenig erleichtert, dass alles ruhig ist, und bete gleichzeitig, dass ich den Auftrag bekomme. Wenn nicht, muss ich an mein Er-spartes heran, um meine Miete zu zahlen, dabei war das Geld für Weihnachtsge-schenke und den Flug nach Hause verplant.

Faye kommt gerade rechtzeitig ins Zimmer, bevor ich mich in einer gefährlichen gedank-lichen Abwärts-spirale verliere. Dabei ist heu-te der erste Schneetag in New York. Wie kann ich schlechte Laune haben?

Robert

»Meinst du, du bist nächstes Wochenende auch da?«

»Ne, keine Zeit«, sage ich und versuche, eine freundliche Miene aufzuziehen.

»Oh, schade! Aber unsere Weihnachtsfeier kannst du dir doch nicht entgehen lassen. Vor allem, wenn das deine letzte Woche ist. Sieh das doch als kleine Abschiedsfeier.« Sandra stößt mich mit dem Ellenbogen an und zwinkert mir zu, als wolle sie mir klarmachen, dass ich danach gern mit zu ihr gehen kann.

»Sandra, echt gern, aber meine Freundin ist über das Wochenende endlich wieder hier. Außerdem stehe ich nicht auf diesen ganzen Weihnachtskrempel.« Das mit der Freundin ist gelogen, auch dass ich keine Zeit habe. Eigentlich habe ich nichts vor. Ein langweiliges Wochenende. Nur dass Weihnachten nicht mein Ding ist, stimmt.

Für einen Moment schaut sie mich aus riesi-gen Augen an, dann spielt sie wieder das klei-ne, feine Püppchen. »Na, wenn das so ist.« Sie macht eine abwertende Handbewegung, kichert und ich wünsche mir abermals, dass dieses Praktikum endlich vorbei ist.

Ich wollte von Anfang an nicht hier sein. Nie in meinem Leben möchte ich in einer Re-daktion arbeiten. Vor allem in keiner, die die ganze Zeit damit beschäftigt ist, Lügen über Promis zu verbreiten. Dennoch bin ich hier, meinen Eltern zuliebe. Vielleicht ist es albern, immerhin dauert es nur noch knapp eine Wo-che, aber dieses Gefühl wird einfach nicht schwächer.

Sandra erhebt sich und verlässt unseren Aufenthaltsraum, ohne ein weiteres Wort zu sagen. Mein Blick fällt auf die Uhr und als ich sehe, dass es gerade mal zwölf Uhr ist, kriege ich die Krise. Noch vier Stunden. Vier Stunden, bis ich endlich Feierabend habe.

Genervt lasse ich mich nach hinten fallen, suche nach einer Lösung, wie ich schneller verschwinden kann. Doch leider fällt mir beim besten Willen keine ein.

Obwohl ich es eigentlich nicht darf, ziehe ich meinen Laptop aus meiner Tasche und öffne mein Word-Dokument. Immer wieder nippe ich an meinem Kaffee, überfliege die Seiten, die ich gestern Abend geschrieben habe, und frage mich, warum ich mich nicht traue, den nächsten Schritt zu gehen. Ob der richtige Zeitpunkt irgendwann da sein wird, obwohl es eigentlich keinen richtigen gibt? Ich muss mich nur trauen, aber genau das ist mein Problem.

»Ro … Was zum Henker machst du da?« Beschämt schaue ich von meinem Laptop auf und blicke mitten ins Gesicht meiner verärgerten Vorgesetzten. Ups. »Ich habe doch gesagt, du sollst hier nicht mit deinem privaten Zeug rumsitzen!«

Ich verdrehe die Augen, klappe meinen Lap-top zu und ziehe ihn auf meinen Schoß, als würde das Geschehene mit ihm verschwin-den.

»Wie dem auch sei, wir müssen früher los«, informiert sie mich und verschwindet ebenso schnell, wie sie gekommen ist. Genervt stehe ich auf, schmunzle aber innerlich, dass es mal wieder keine Konsequenzen für mein Han-deln gibt. Ich trinke den letzten Schluck mei-nes inzwischen kalten Kaffees und eile ihr nach. Ich weiß nicht, wo wir hinwollen, aber dieses Treffen ist scheinbar von Bedeutung. Die Vorbereitungen für das Interview laufen seit einiger Zeit, dennoch bin ich mir nicht sicher, wen wir treffen. Es geht um irgendwelche politischen Dinge. Insiderwissen, aber ich kann mich kein Stück dafür begeistern. Dass unser Präsident nicht unbedingt die hellste Kerze auf der Torte ist, ist uns allen klar. Vielleicht geht es erneut um sogenannte Familiengeheimnisse. Dabei weiß doch jeder, was die beinhalten. Jeder kennt die Geschich-ten, die Geheim-nisse und ach so großen Ver-leumdungen, die krummen Geschäfte und die Lügen, die uns tagtäglich aufgetischt werden.

Drei Stunden später finde ich mich in Brooklyn wieder. Das Essen und unsere In-formantin waren totale Reinfälle. Sie wirkt nicht wie jemand, der echte Information hat, sondern wie eine verzweifelte Frau, die gerade knapp bei Kasse ist. Irgendwie tut sie mir leid. Ich hatte das Gefühl, dass irgendwas an-deres im Busch ist, aber sie aus irgendeinem Grund nicht wirklich mit der Sprache rausrü-cken kann. Ich verstehe aber auch nicht, wa-rum, immerhin war dieser Termin seit Ewig-keiten geplant.

Eigentlich kann es mir auch egal sein. Viel-leicht scheine ich doch langsam mit dem Prak-tikum in dieser Redaktion warm zu werden.

Warum studiere ich eigentlich Journalismus, wenn ich jetzt schon weiß, dass ich dieses Stu-dium nie hundertprozentig mögen werde? Jedenfalls nicht so, wie es vielleicht einige von mir erwarten.

Ich steige an der üblichen Station aus und laufe zum Café. Zu meinem Glück hat es seit heute Mittag nicht mehr geschneit, weswegen ich endlich den Anblick dieser grauenhaften weißen Masse loswerde. Inzwischen ist sie eine Mischung aus Wasser und Schlamm, brauner und gelber Flüssigkeit, und ich hoffe mit jeder Faser meines Körpers, dass sie ver-schwindet, bis ich heute Abend das Café ver-lasse.

Mit einer Tasse herrlich duftenden, schwar-zen Filterkaffees mache ich es mir an meinem kleinen Tisch gemütlich. Ich positioniere meinen Laptop so, dass ich angenehm tippen kann, breite meine Notizen aus und suche vergeblich in meiner Tasche nach einem Stift. Erleichtert lasse ich die Luft aus meinen Lun-gen entweichen, als ich endlich einen finde. Obwohl ich es liebe, wenn meine Finger über die Tastatur schnellen, mache ich meine Noti-zen am liebsten händisch. Mir hilft es beim Denken, Sachen durchstreichen zu können, zu markieren oder vor Wut den Zettel zusam-menzuknüllen. Am besten, wenn ich ihn energisch aus meinem Notizbuch reißen kann – auch wenn es mir im Nach-hinein immer ein bisschen leidtut.

Kapitel 2

Carrie

Den ganzen Tag haben wir im Bett verbracht. Nachdem wir den Vormittag über richtig fleißig waren, haben wir uns schließlich mit einer Pizza und einem Film von Stephen King belohnt. Unsere Wahl fiel dieses Mal auf die erste Verfilmung von Friedhof der Kuscheltie-re. Einer meiner absoluten Lieblingsfilme. Auch wenn ich mehr auf Dramen und leidenschaftliche Liebesbeziehungen stehe, sind es doch die wahnsinnigen Vorstellung Kings, die mich motivieren, weiterzumachen. Vielleicht liegt es auch an ihm, an seiner Art, an die Dinge heranzugehen. Der Art, wie er Dinge sieht, die mich zum Nachdenken bringt, aber vor allem dazu, mehr und mehr Geld in seine Bücher und Filme zu investieren.

Doch nach dem Film und der Pizza, die uns schwer im Magen lag, kamen wir in keinen vernünftigen Arbeitstrott. Die Luft war raus, es war an der Zeit für frischen Wind und ich habe meinem geliebten Schnee hinterhergetrauert.

So sehr habe ich gehofft, dass es im Laufe des Tages wieder schneit, aber mein Wunsch wurde natürlich nicht erfüllt. Im Laufe des Nachmittags haben wir uns auf den Weg zum Café gemacht, um dort für einige Stunden weiterzuarbeiten, doch der Anblick der wässrigen braunen Masse, der letzten kleinen Schneehaufen am Straßenrand, hat meine Stimmung gedrückt. Dazu kommt, dass die vom Kunden versprochene bereits erfüllte Recherchearbeit ein Witz ist. Ich darf ich über ein Thema schreiben, das mich immer wieder beschäftigt. Ein angeknackstes Selbstwertgefühl oder Selbstliebe, wie es in dem Buch genannt wird. Ich soll mich hauptsächlich mit den Vorteilen beschäftigen, die ein realistisches und akzeptierendes Selbstbild mit sich bringt, und Lösungen aufzeigen, wie man schnellstmöglich an diesen Punkt gelangt.

Diese Aufgabe bereitet mir ein wenig Bauchschmerzen, immerhin würde ich nicht behaupten, dass ich ein stabiles Selbstbild besitze. Mit vielen Dingen habe ich immer noch zu kämpfen. In der Öffentlichkeit kann ich nicht allein essen. Seit der High School ist da diese Angst, erneut zu hören, dass ich nur noch fetter werde. Als zwölfjähriges Mädchen mit einem normalen BMI hat das seine Spuren hinterlassen. Als Essen mein Zufluchtsort geworden ist und ich nach der Schule immer heftigere Fressattacken bekommen habe, hat sich das an meinem Körper und an meiner Seele bemerkbar gemacht. Seit Ewigkeiten habe ich nicht mehr in der Öffentlichkeit gegessen, besonders allein, bis Faye in mein Leben getreten ist. Aber bin ich, nur weil die Wunde am Heilen ist, vollständig genesen? Gibt es einen Punkt, an dem ich sagen kann, jetzt liebe ich mich? Ist das nicht ein schleichender Prozess?

Ist es nicht ein krasses Vorurteil, dass man bei zu dünnen Menschen immer davon ausgeht, dass sie krank sind und dass es ihnen schlecht geht und Dicke sind pauschal faul? Nur weil unser Idealbild viel zu festgefahren ist?

Je mehr ich darüber nachdenke und mich zurückerinnere, umso emotionaler und angespannter werde ich. Ich haue mit den Fingern auf die Tastatur meines Laptops und fühle zum ersten Mal meine Leidenschaft emporkommen bei einem Thema, über das ich schreiben darf. Der Tisch vibriert unter meinen gleichmäßigen Schlägen und ich spüre Fayes Blick auf mir. Ich habe das Gefühl, wieder die Blicke jedes einzelnen Besuchers auf mir zu spüren, aber ich ignoriere es, so gut es geht.

Schwer atmend komme ich zum Stoppen, als meine Umgebung zu laut wird.

»Das Projekt scheint gut zu sein«, bemerkt Faye und grinst mich vielversprechend an. Ich möchte am liebsten drauflosreden, weiß aber, dass ich mich dann nie, nie wieder bremsen könnte. Deswegen nicke ich und bedanke mich bei der Kellnerin, die uns unseren Kaffee und Kuchen bringt. Für mich einen Latte und einen Schokomuffin, Faye hat sich hin-gegen das größte Stück Sahnetorte ausgesucht, das ich je gesehen habe.

»Erzähl.«

Ich lasse meinen Blick über die Sitzreihen schweifen. Ein älteres Ehepaar, das mich aus der Entfernung sicherlich nicht hört. Eine Stu-dentin, die mit dicken Kopfhörern auf den Ohren zeichnet und zu ihrer Musik mitwippt. Und ein Kerl, ein paar Jahre älter als wir. Dreiundzwanzig, vierundzwanzig vielleicht. Er sitzt mit dem Rücken zu uns und ich erkenne nur ein Stück seines Profils. Er trägt Airpods und tippt ebenfalls auf seinem Lap-top. Der bekommt sicherlich auch nichts mit.

Also atme ich tief ein, drücke auf Speichern und klappe meinen Laptop zu. Ich will jede Reaktion von Faye wahrnehmen. Wissen, was sie denkt, und ihre unglaublich kreativen Ideenfetzen auffangen, die ich selbst gern hät-te. Im Vergleich zu ihr muss ich lange auf Dingen herumdenken, ehe mir geniale Einfälle kommen. Bei ihr fließen diese ganz automatisch. Aber eigentlich will ich mich mit niemanden mehr vergleichen.

»Ich glaube, ich bin richtig sauer. Und irgendwie enttäuscht und ein wenig grantig«, fange ich in und klinge zu kleinlaut für das, was ich sage.

»Und warum?«

»Oberflächlichkeit. Dass die Menschen nur sich selbst

sehen und die Gründe hinter dem Handeln anderer Menschen so oft nicht ak-zeptieren oder als komisch Abstempeln. Dass man sich aber durch genau diese definiert.« Ich schlucke, umfasse meinen Latte und rühre kurz durch den Milchschaum. »Weißt du, ich verstehe nicht, warum jeder davon ausgeht, dass dicke Menschen stinken oder dün-ne krank sind. Dass man sich in der Gesellschaft rechtfertigen muss, wenn man dick ist und viel isst. Bist du dir sicher, dass du das noch essen willst?« Ich äffe bei der letzten Frage die dummen Kommentare nach und gestiku-liere wild. Faye grinst, schaut mich dabei an, aber im Augenwinkel sehe ich, wie sie etwas auf ihrem Block notiert. »Oder dieses typi-sche, mitleidige Oh, wenn man dünne Men-schen sieht. Die brechen ja gleich zusammen.« Ich setze Anführungszeichen in die Luft, rutsche auf der Sitzbank hin und her. Mit ei-nem Mal wird mir schrecklich heiß. »Ich hab genug davon! Ich kann und will das nicht mehr hören. Ich will nicht mehr so denken und mich macht dieses Selbstliebe-Thema so sauer! Gleichzeitig habe ich das Gefühl, dass ich endlich etwas mit Bedeutung schreibe. Verstehst du, was ich meine?«

Faye nickt sofort, notiert wieder etwas und schaut mich dann mit gerunzelter Stirn an. »Was stört dich genau? Was fehlt dir in der Gesellschaft? Was möchtest du mit dem Pro-jekt erreichen?«, fragt sie und verwirrt mich ein wenig.

»Erstens ist es nicht mein Projekt. Zweitens … nachdenken. Ich glaube, wenn die Leute nchdenken würden und nicht immer vor-schnell Schlüsse ziehen, wäre vielen Men-schen geholfen.«

»Inhaltlich kann ich dich verstehen, auch wenn das Thema für mich nicht ganz so emotional behaftet ist. Hast du schon darüber nachgedacht, den Auftrag abzusagen?«

Fassungslos starre ich sie an. Hat sie mir überhaupt zugehört?

»Guck mich nicht so an! Du solltest das Pro-jekt absagen, um das Buch selbst rauszubrin-gen! Dein erstes eigenes Projekt. Überleg doch mal!«

Die Wut, die ich eben verspürt habe, schlägt mit einem Mal um und bildet einen dicken, fetten Kloß in meinem Hals.

»Ich weiß nicht ... Ich habe nicht das nötige Kleingeld und eigentlich hatte ich nicht vor, ein Sachbuch herauszubringen.«

»Du kannst das Buch als Recherchearbeit be-trachten. Vergiss die erste Idee! Schreib das Sachbuch und behalt all deine Emotionen für deinen ersten Roman.«

Fassungslos starre ich sie an. Dass ich einen Roman schreibe, habe ich schon vor viel zu langer Zeit aufgegeben.

Faye reißt das oberste Blatt von ihrem Notizblock und reicht es mir. »Deine ersten Argumente und Gefühle sind wichtig. Behalt die gut in Erinnerung.«

Kurz lasse ich meinen Blick über die Notizen schweifen. Ja, vielleicht hat sie recht. Ganz unten steht mehrfach unterstrichen: Trau dich!

Faye wendet sich wieder ihrem Laptop zu und ich schaue gedankenverloren auf den Milchschaum auf meinem Kaffee. Erinnerun-gen kommen hoch, von all den Versuchen, etwas Eigenes zu schreiben. Eine Geschichte, die in meinem Kopf immer größer – brennender – geworden ist. Doch jedes Mal, wenn ich ein leeres Dokument geöffnet habe, ist da dieses flaue Gefühl in meinem Bauch gewe-sen. Irgendwas hat mich gestört. Aber mit diesem Thema ... Ja, vielleicht habe ich damit eine Chance.

Robert

Immer wieder versuche ich, unauffällig nach hinten zu schauen. Was sie gesagt hat, hat sich wirklich interessant angehört und ich frage mich, ob sie immer so schlaue Sachen von sich gibt. Es klingt klug, aufgeweckt und sie weckt in mir den Wunsch, mit ihr zu diskutieren. Mit einem schelmischen Lächeln auf den Lip-pen. Komische Vorstellung, aber ich glaube, mit ihr könnte das wirklich Spaß machen. Ich bin froh, dass der Akku meiner viel zu alten Kopfhörer versagt hat. Denn so habe ich sie alibimäßig tragen können, aber jedes Wort verstanden.

Draußen hat es wieder angefangen zu schneien und langsam wird es dunkel. Durch das helle Licht hier drinnen spiegelt sich das Innenleben des Cafés in der Fensterscheibe und ich sehe, wie sich ihre Freundin von der jungen Frau verabschiedet. Die beiden um-armen sich und ich erhasche das erste Mal einen Blick auf sie. Sie hat schöne Kurven, aber ich würde sie nicht als dick bezeichnen. Viel-leicht war sie das einmal und deswegen gehen ihr Körperklischees so nah?

Ihre Freundin heißt Faye, wenn ich das rich-tig verstanden habe. Sie wirkt ein wenig eisig und trotz des starken Schneefalls lässt sie ih-ren Mantel offen. Ich wundere mich kurz, schaue dann aber wieder zu dem Mädchen mit den kastanienbraunen Haaren. Es streift sich lose Haarsträhnen hinter die Ohren, bittet die Kellnerin hinter dem Tresen um einen Cara-mel Macchiato zum Mitnehmen und klappt seinen Laptop zu.

Sie will doch wohl nicht gehen, oder? Fie-berhaft überlege ich, wie ich am besten dafür sorge, dass sie bleibt oder ich die Chance be-komme, sie wiederzusehen. Ob sie öfter hier ist? Eigentlich habe mich nur für dieses Lokal entschieden, da mein Stammcafé wegen

Re-novierungsarbeiten geschlossen ist. Komisch, gestern hing das Schild noch nicht, aber es wurde etwas Positives draus. Erstens gibt es hier verdammt guten Kaffee und zweitens …

Ich fahre mir durch die Haare und versuche, irgendetwas zu finden. Ich will nicht auf-dringlich wirken, ihr nicht in den Arsch krie-chen und auch nicht wirken wie ein Bad Boy, der sie ins Bett bekommen will.

Ich schaue nicht gerade unauffällig über die Schulter, obwohl ich sie in der Scheibe genau-so gut gesehen hätte, aber das fühlt sich echter an. Mein Magen flattert flau und Nervosität breitet sich in mir aus. Sie hat sich wieder zu-rückgelehnt und tippt auf ihrem Handy herum. Ich drehe mich in die andere Richtung und sehe die Barista an der Kaffeemaschine herumwerkeln. Mit zittrigen Fingern schreibe ich eine kleine Nachricht auf eine abgerissene Seite meines Notizheftes. Anschließend klap-pe ich meinen Laptop zu, stopfe alles in meine Tasche und lasse nur meinen Geldbeutel und den kleinen Zettel auf dem Tisch liegen. Flüchtig werfe ich meine Jacke über und stehe dabei genau in ihre Richtung gedreht. Sie sieht mich nicht an und aus irgendeinem Grund bin ich froh darüber.

Mit meiner Tasche auf der Schulter, meinem Geldbeutel in der hinteren Hosentasche und den Zettel zwischen den Fingern bin ich be-reit, auf sie zuzugehen. Jetzt muss ich es nur wirklich tun. Sie sieht immer noch nicht auf.

Ich schnappe mir meine Kaffeetasse und versuche, nicht länger zu zögern. Was soll schon schiefgehen? Nur wenige Schritte tren-nen mich von ihrem Tisch und als ich ihn er-reiche, sieht sie zu mir auf. Erst ist ihre Miene aufmerksam und freundlich, doch wenige Se-kunden später runzelt sie die Stirn. Fragend hebt sie ihre Augenbrauen und ich blinzle, um zu realisieren, was ich eigentlich wollte. Von Nahem ist sie noch viel schöner … Ich lege den kleinen Zettel auf den Tisch, aber sie sieht mich weiterhin an.

Aus irgendeinem Grund wird die Situation nicht unangenehm. Ganz im Gegenteil. All meine Nervosität verfliegt. Ich lächle sie noch einmal an und ärgere mich, dass ich meine Handynummer nicht mit auf den Zettel ge-schrieben habe. Eigentlich ist das dumm, denn die Garantie, sie wiederzusehen, habe ich nicht.

Carrie

Einen Augenblick schaue ich dem Kerl hinter-her, dann stehe ich auf, zahle und gehe mit meinem Latte nach Hause. Den Zettel, den er auf meinen Tisch gelegt hat, halte ich die gan-ze Zeit über fest. Ich bin verwirrt und wenn er mich nicht so nett angegrinst hätte, hätte ich den Zettel sicherlich an der nächsten Ecke in den Mülleimer geworfen, es als holprigen Anmachversuch gedeutet. Aber das Stück Papier auf den Tisch zu legen, ist zumindest etwas Neues. Ich finde wirklich intressant, was du gesagt hast. Vielleicht hat er sich einfach nicht getraut, etwas zu sagen …

Meine Finger sind so eisig, dass ich es kaum schaffe, meinen Becher festzuhalten, trotzdem kribbelt es in meinem Bauch. So langsam wird es richtig gemütlich. Brooklyn scheint ausnahmsweise stillzuliegen. Nur in der Ferne höre ich Sirenen. Der Verkehr ist ruhig, aber da es sich gerade so richtig einschneit, ist es wohl besser so.

Als das Ende der Straße erkennbar ist und ich nur noch wenige Minuten nach Hause brauche, verlangsame ich mein Tempo. Ich zittere am ganzen Körper, vor allem mein Gesicht und meine Finger sind eisig, trotzdem will ich nicht, dass es aufhört.

Dieser erste Schnee. Diese Nachricht, die sich unter-bewusst in mir breitmacht, und dann dieser Entschluss.

Nachdem Faye gegangen ist, habe ich mich sofort überlegt, wie ich das möglich machen könnte. Wie ich das Geld, dass ich durch das Schreiben des Sachbuches verdiene, nutzen kann, um meinen ersten eigenen Roman zu veröffentlichen. Einen Verlag zu finden, dau-ert zu lang, und wenn ich schon etwas vorwei-sen kann, stehen meine Chancen sicherlich besser.

Dieser Tag ist ein einziger, riesengroßer Traum.

Kapitel 3

Robert

»Was sitzt du denn da so dumm rum?«, fährt mich eine Stimme von der Seite an. Ich wünschte, ich könnte sie ignorieren, aber die Chefin ignoriert man wohl nicht. Trotzdem nehme ich erst einen großen Schluck meiner heißen Schokolade, ehe ich mich ihr zuwende und damit den Blick von den Schneemassen löse, die sich über ganz New York legen.

»Ich habe nur gewartet, dass du mir eine neue Aufgabe gibst.« Ja, vielleicht benehme ich mich wie das letzte Arschloch. Und ganz vielleicht sollte ich diesen Rotz einfach früher beenden.

»Warum kommst du nicht …«

»Weil du die ganze Zeit über telefoniert hast.«

Sie sieht mich grimmig an, scheint aber selbst zu merken, dass sie sich über etwas Un-nötiges aufgeregt hat. Obwohl ich gern sitzen bleiben würde, springe ich von der Fenster-bank, wobei ich aufpasse, dass ich den Rest meines Kakaos nicht auf meinem Hemd ver-teile. Ich stelle meine Tasse auf dem Tisch ab und hole in aller Seelenruhe meine feinsäu-berlich ausgearbeiteten Fragen aus dem Dru-cker. Aus der Mitte unseres Groß-raumbüros kehre ich zurück an meinen Schreibtisch, auf den sich meine Chefin gesetzt hat und auf ih-rem Handy herumtippt. Vor meiner Tastatur liegt ein Zettel. Vermutlich meine nächste Aufgabe. Innerlich verdrehe ich die Augen, lächle aber.

Sie überfliegt die Papiere, nickt zufrieden und deutet dann auf den Zettel, ehe sie da-vonwackelt. Ich stöhne innerlich auf, erwische mich dabei, wie ein leiser Fluch meine Lippen verlässt und beiße mir auf die Unterlippe. Es ist Freitagnachmittag, die halbe Redaktion ist bei irgendwelchen Interviews oder im Homeoffice und ich hänge hier fest. Was wohl passiert, wenn ich mich am Montag einfach krankmelde? Mit einem erstickten Seuf-zen lasse ich mich auf den Bürostuhl fallen. Ich überfliege Veronicas Zettel und verdrehe die Augen. Das nächste Interview vorbereiten. Na super.

Obwohl ich das nicht darf, verbinde ich meine Air-pods mit meinem Handy und suche bei Spotify nach einer Künstlerin, ehe ich mich daran mache, zu goo-geln. Ich recher-chiere über ihre Vergangenheit und Zu-kunftspläne und notiere jede offene Frage. Früher als gedacht, beende ich die Aufgabe und obwohl alles inte-ressant klang, ist es völlig an mir vorbeigezogen.

Ich drucke die Fragen aus und will sie Vero-nica brin-gen, aber ihr Schreibtisch ist leer. Vorsichtig trete ich in das kleine Einzelbüro und wundere mich wie so oft, dass hier kei-nerlei Persönlichkeit zu finden ist. Ich weiß nicht, ob ich eintreten darf oder sie rumkreischt, wenn sie um die nächste Ecke biegt, aber ich trete hinter den Schreibtisch und lege die Zettel darauf. Die Bild-schirme sind dun-kel, der Rechner läuft nicht. Schein-bar ist sie gar nicht mehr hier.

Eine Welle der Erleichterung nimmt mich ein. Erst jetzt fällt mir der quietsch-pinke Zettel auf der Tastatur auf.

Kannst Feierabend machen. Schreibe dir heu-te Abend, ob ich dich vielleicht am Wochenende brauche. XO

Ihre Schrift ist schnörkelig und ich schätze die Ar-beitszeit an der kleinen Nachricht auf sieben Minuten. Schreibe ich gerade? Oh, mein i-Punkt ist verschmiert. So wird hier wohl gearbeitet. Ich weiß es und es geht mir tierisch gegen den Strich. Keine Action, keine Freude, nur die alltägliche Platte.

Ich stehe immer noch an Ort und Stelle und weiß gar nicht, warum. Weil ich am Wochen-ende definitiv nicht hier sein will? Ich scheue mich nicht, hart und viel zu arbeiten, aber nicht für etwas, das ich eigentlich gar nicht will. Vielleicht ist es an der Zeit, den nächsten Zettel zu schreiben. Weil dies die reinste Zeitverschwendung ist.

Energisch reiße ich einen pinken Klebezettel vom Block.

Kündigung
Ab sofort!
XO Robert Coben

Ja, das fühlt sich gut an. Ich klebe das Papier über ihres, packe meine Tasche und verlasse das Büro, wobei ich fröhlich vor mich hin pfeife.

Hab ich das wirklich getan? Bei der Vorstel-lung, wie Veronica meinen Zettel vorfindet, muss ich grinsen. Sie wird außer sich sein, fluchen und alle Leute zusammen-trommeln, um zu fragen, ob irgendjemand etwas mit-be-kommen hat. Erst wenn sie das geklärt hat, wird sie anrufen.

Bei dem Gedanken, dass die Leute schlecht über mich reden, bekomme ich Bauchweh. Allerdings noch mehr, wenn ich mir vorstelle, wie meine Eltern reagieren, wenn sie das herausfinden. Veronica ist eine gute Bekannte meiner Mom. Vielleicht telefonieren auch erst die beiden miteinander. Vermutlich wird sie sich beschweren, dass ich diese eine Woche noch hätte durchhalten können, aber es geht einfach nicht. Keine zehn Pferde bekommen mich da wieder hin.

Dass meine Eltern begeistert von meinem Berufswunsch sind, macht mich glücklich. Es ist schön, zu wissen, dass sie bedingungslos hinter mir stehen und bei ihren Fragen, wie es läuft und ob sie helfen können, umgibt mich ein warmes Gefühl. Das Gefühl der Ge-bor-genheit. Das Gefühl der Verbundenheit, auch wenn das nicht immer so war.

Das Problem ist nur, dass meine Eltern nicht verste-hen, was ich mit meinem Studium an-stellen will, wenn nicht bei einem Magazin oder Radiosender zu arbeiten. Ich könnte auch zum Fernsehen, schlägt meine Mutter mir immer wieder hellauf begeistert vor.

Ich will mich auf Mordfälle spezialisieren. Auf Fäl-le, bei denen Menschen verschwinden. Verstehen und meinen Lesern oder Hörerin-nen erklären, wie es zu diesen Taten gekommen ist.

Unfälle? Psychopathische Leidenschaft? Hass? Liebe?

Am liebsten würde ich Menschen mit Per-sönlich-keitsstörungen wie der dunklen Triade interviewen. Mit Psychologen sprechen und die Gründe erkunden. Ja, vielleicht hätte ich einfach Psychologie studieren sol-len. Ob ich im fünften Semester noch wechseln sollte?

Die Frage ist nur, wie ich all das zu Geld machen kann.

Und dennoch folge ich meinem Grundsatz, dass jede Handlung und jedes Gefühl ir-gendwo seine Berechti-gung hat. Jede Tat sei-nen Grund hat und Persönlich-keitsstörungen nicht plötzlich da sind.

Aber ich kann einfach nicht aufhören.

Meine Gedanken schweifen ab. Automatisch tragen mich meine Füße zur Bahn und ich steige in Brook-lyn aus. Anstatt zu meiner Wohnung zu gehen, finde ich mich vor dem kleinen Café wieder. Was sie wohl zu dem Zettel gesagt hat?

Ich linse kurz durch die Scheibe, sehe sie al-lerdings nicht. Schade. Ich ziehe mein Handy aus der Hosenta-sche, wähle Finns Nummer und frage ihn, ob er her-kommen will. Wir müssen aktiv werden.

Carrie

Faye hat mir gestern Abend geschrieben, dass sie Besuch bekommt und nicht weiß, wann und wir uns heute treffen können. Irgendwie bin ich darüber erleichtert, was nicht heißt, dass ich sie nicht gern gesehen hätte. In drei Wochen so viele Worte zu schreiben ist eine kleine Herausforderung, vor allem, weil ich mich nicht weiß, wie ich am besten an das Ganze herangehe. Welche Themen ich an-schneide, wie ich diese aufbaue. Ich habe mir den ganzen Vormittag Notizen gemacht, mich gefragt, wie das Buch positioniert wird, damit ich meine Arbeit der Zielgruppe anpassen kann. Kurzerhand schreibe ich meinem Auf-traggeber eine Mail und nehme mir vor, mei-ne Gedanken ein wenig schweifen zu lassen. Also stelle ich meinen Laptop aufs Bett und drehe mich zur Seite. Mein Blick fällt auf mein Handy und automatisch grinse ich. Ich löse die Schutzhülle und ziehe den kleinen Zettel heraus. Mein Bauch fängt wie wild an zu kribbeln und ich verstehe immer noch nicht ganz, warum. Warum ich? Warum ohne seine Nummer? Ob er wohl heute wieder im Café ist?

Erneut lese ich mir die Worte durch und fra-ge mich, ob er wohl öfter so handelt. Ob er auch anderen Frauen solche Zettel schreibt. Vielleicht ist das nur seine Masche und ich bin eine von vielen.

Ich habe der Liebe nicht abgeschworen, aber was ich davon halten soll, weiß ich nicht ge-nau.

Irgendein komisches Gefühl überkommt mich. Raue Unsicherheit gepaart mit dem Wunsch, dass er mich wirklich interessant findet. Faye sagt immer, ich soll rausgehen ins Leben und es einfach auf mich zukommen lassen. Egal, was passiert, alles hat seinen Grund, und wenn ich verletzt werde, rechne ich mit der Person in meinem Roman ab.

Wenn ich endlich mal einen schreiben würde.

Zu Schulzeiten konnte ich die Seiten prob-lemlos füllen. Jeden doofen Spruch, den ich zu hören bekam aufgrund meiner Figur, habe ich aufgeschrieben und dann wurde es besser. Wenn es erst mal auf dem Papier war, wurden die Stimmen leiser und meine eigenen Ge-danken lauter. Ich vermisse dieses Gefühl. Und ich verstehe nicht, warum das jetzt nicht mehr funktioniert.

Die Hemmschwelle ist groß, beinahe riesig. Es mangelt mir weder an Ideen noch an Zeit. Meine Finger rasen inzwischen über die Tastatur. Wenn die Handgelenke zu sehr schmer-zen, diktiere ich, was noch schneller geht, wo-bei ich allerdings einen extra Bearbeitungsdurchlauf machen muss, weil sich zu viele Fehler einschleichen.

Die Erkenntnis, dass rumsitzen mich nicht weiterbringt, sorgt dafür, dass ich meine Bettdecke zurückschlage und mein Handy zu-rück auf den Nachttisch lege. Ich trete ins Ba-dezimmer und schaue mich im Spiegel an. Im Vergleich zu den letzten Tagen sehe ich deut-lich wacher aus, dabei habe ich viel weniger geschlafen. Ich fühle mich gut. Bereit.

Ich löse meinen verwuschelten Dutt, mache mir einen neuen, schminke mich und putze meine Zähne. Schlüpfe in Jeans und einen dicken Wollpulli, ehe ich meine Sachen zusam-mensammle und hinausgehe. Ich schließe die Tür hinter mir, dann drehe ich mich um und lasse meinen Blick über die eingeschneite Straße schweifen. Auf der anderen Seite zieht eine junge Mutter ihren Sohn auf einem Schlitten hinter sich her. Unsere Blicke be-gegnen sich kurz und ich lächle ihr zu. Sie er-widert es und es fühlt sich verdammt gut an.

Zu meinem Bedauern sind die Wege bereits freige-räumt, dennoch mindert es mein Win-terfeeling nicht. Nur widerwillig stecke ich meine Hände aus meinen

Ärmeln und somit in die Kälte, aber die Neugierde siegt. Ich will unbedingt wissen, was bei Faye los war. Der Kerl, der bei ihr war oder vielleicht noch ist, besucht sie häufiger als jeder andere. Mit zitt-rigen Fingern tip-pe ich eine schnelle Nach-richt, frage, wie es war, und sage ihr, dass ich im Café sitze und mich freuen würde, wenn sie vorbeikommt. Anschließend stecke ich mein Handy in die Tasche und genieße die verschneite Land-schaft.

Die kurze Strecke mit der Bahn vergeht wie im Flug. Durch meine Kopfhörer schallt leise Weihnachtsmusik und langsam freue ich mich immer mehr auf Weihnach-ten und die Vor-weihnachtszeit. Bald ist bereits der ers-te De-zember und so langsam sollte ich mir Gedan-ken über meine Geschenke machen.

Am Café angekommen, steigen mir warme Heizungs-luft und der Duft von frischem Kaf-fee und Kuchen in die Nase. Sofort entsteht in mir der Wunsch, heute noch die ersten Weih-nachtsplätzchen zu backen, auch wenn es da-für eigentlich zu früh ist.

Mira grinst mich an und kommt von einem der Tische auf mich zu. Sie steht im Weg, so-dass ich nicht erken-ne, wer sonst noch hier ist.

»Auf dich habe ich schon gewartet«, begrüßt sie mich und grinst mich fröhlich an.

»Ja, wenn die Vorlesungen ausfallen und Faye keine Zeit hat, ist es ganz schön, einfach mal zu Hause zu sein und etwas abgearbeitet zu bekommen.«

»Das glaube ich dir! Ich wünschte, ich könn-te mich in mein Bett verkrümeln und schla-fen.«

Ich grinse Mira an und bevor ich etwas sa-gen kann, öffnet sie schon wieder den Mund. Wie immer fragt sie meine Bestellung ab und ich nicke nur. Dann wendet sie sich von mir ab und ich werfe endlich einen ersten Blick durch das Café.

Ich will gerade den ersten Schritt setzen, doch halte plötzlich in der Bewegung inne und zucke kaum merklich zusammen. An sei-nem gestrigen Platz sitzt wieder dieser Kerl, der mir den Zettel geschrieben hat. Heute ist er allerdings nicht allein. Neben ihm sitzt noch ein Mann, mit dichtem Bart und grim-migen Gesichtsausdruck.

Eigentlich möchte ich grinsen. Ich freue mich, ihn zu sehen, gleichzeitig nimmt mich eine vage Aufregung ein. Wie verhalte ich mich am besten? Sage ich Hallo? Gehe ich einfach an ihm vorbei?

Ich fahre mir mit der Zunge über die Lippen und setze erneut zum Losgehen an. Er schaut mich die ganze Zeit über an und auch ich kann den Blick nicht abwenden. In seiner unmittel-baren Nähe fange ich automatisch an zu grin-sen und die Anspannung verfliegt mit einem Mal. Dieses dämliche Grinsen klingt auch nicht ab, als längst an ihm vorbei bin, meine Tasche auf der violetten Bank abstelle und meinen Mantel ausziehe. Wir kehren einander den Rücken zu, aber ich bilde mir ein, dass er jede meiner Bewegungen wahrnimmt.

Ehe ich mich setze, stellt Mira meinen Latte vor mir ab, lächelt mich an und verschwindet wieder. Ich ziehe meinen Laptop und das kleine Notizheft aus der Ta-sche, in dem ich am Vormittag meine Stichpunkte zur Reihen-folge der Themen aufgeschrieben habe. Ganz oben steht Vorwort, gefolgt von Definition Selbst-liebe.

Kurz überlege ich, mir meine Kopfhörer in die Ohren zu stecken, doch mein Blick fällt wieder auf den Kerl, der mir den Zettel ge-schrieben hat. Vielleicht sollte ich mir einen Namen für ihn ausdenken, damit er in mei-nem Kopf nicht mehr Zettelkerl heißt. Er und sein Freund diskutieren wild und zeigen im-mer wieder ab-wechselnd auf den Computer-bildschirm und ihre vie-len Notizen. Für einen Moment bereue ich, dass mein

Tisch so weit weg steht, denn zu gern hätte ich verstanden, worüber sie diskutieren.

Im Vergleich zum gestrigen Abend ist der Laden ziemlich voll. Kein Wunder, denn wir haben gerade mal frühen Nachmittag und die Kaffeezeit ist im vollen Gange. Ob es sehr auffällt, wenn ich meinen Platz wechsle? Vermutlich schon. Also versuche ich, mich die nächste Stunde über auf meine Aufgaben zu konzentrieren, doch auch als das Café leerer wird, sitzen sie noch da und scheinen sich nicht einig zu sein. Mein Vorteil ist nur, dass ich so tun kann, als würde ich konzentriert etwas auf meinem Bildschirm lesen, dabei höre ich ihrer Unterhaltung zu.

Robert

»Jetzt fang nicht schon wieder an, mich für meine Entscheidung zu verurteilen!« Mein Herz hämmert wild in meiner Brust und ich frage mich, warum ich Finn überhaupt einge-laden habe. Vielleicht hätte ich die ganze Idee, etwas Eigenes aufzubauen, allein durchziehen sollen. Vielleicht ist Finn doch zu stark ausge-lastet. Ein schlechtes Gewissen überkommt mich, aber wenige Sekunden später verfliegt es. Ja, es war eine schwere Zeit, aber wenn er nicht mitmachen wollte, würde er nicht im-mer wieder auf mich zukommen. Vielleicht zieht er auch nur den Schwanz ein, weil end-lich alles ernst wird.

»Keine Ahnung, Mann! Ich war nicht drauf vorbereitet, dass du so plötzlich ernst machst. Du weißt, wie wichtig mir das ist, aber ich weiß nicht, ob und wie ich dir helfen kann.«

Eine Welle der Enttäuschung überkommt mich. Bei unserem YouTube-Kanal, Podcast und Blogprojekt war immer das Ziel, dass ich die journalistische Arbeit übernehme und Finn im Hintergrund agiert. Er ist gut mit Technik, weiß, worauf es ankommt, und hat schon viele Aufgaben bekannter Youtuber in Sachen Technik übernommen. Ob Vi-doschnitt, Tonsequenzen oder ähnliches. Er kann alles! Dass er jetzt scheinbar nicht mehr mitmachen möchte, verletzt mich. Dabei kann ich ihn ja verstehen … Die Zeit, die wir in di-eses Projekt stecken müssen, das ist verdammt viel Arbeit und ich weiß selbst nicht, ob ich dazu bereit wäre, wenn ich da nicht völlig für brenne.

»Und warum sitzt du dann den ganzen Tag hier und machst dir Gedanken, wenn du so-wieso nicht dabei sein willst?«

»Ich weiß es eben nicht. Ich liebe unsere Ideen und deinen Enthusiasmus, aber ich weiß nicht, ob ich mir damit dauerhaft einen Gefal-len tue.«

Ich lasse meinen Stift fallen und stütze mein Kinn auf den Handflächen ab. Einen kurzen Moment verweile ich so, ehe ich mir den Schlaf aus den Augen reibe und mir zum hundertsten Mal an diesem Tag durch die Haare fahre. Mein Blick fällt auf die Straße und die Erkenntnis, wie dunkel es bereits ist, erschlägt mich. Es schneit und schneit und schneit und ich will nur, dass es aufhört.

Vielleicht habe ich einen riesigen Fehler be-gangen. Vielleicht hätte ich nicht kündigen und einfach mein Le-ben lang das machen sol-len, was jeder erwartet. Aber heutzutage kann es doch nicht so schwierig sein, von gutem Content zu leben. Unser Konzept ist so aus-führlich ausgearbeitet und die Ideen so ein-zigartig, dass ich nur hoffen kann, eine Lö-sung zu finden, dass Finn bleibt. Ohne ihn will ich all das nicht machen.

Fahrig beginne ich, all unsere Unterlagen zusammen-zusammeln und zu einem großen Haufen zu stapeln.

»Mann! Ich will das nicht aufgeben, aber ich bin einfach ein bisschen überrumpelt. Ich meine, hast du dir das gut überlegt? Haben wir uns das gut überlegt? Natürlich beinhal-ten die meisten Videos über wahre Kriminal-fälle keine echten Gespräche mit Straftätern, aber ich weiß auch nicht, ob wir wirklich so leicht an sie herankommen. An die meisten wahrscheinlich nicht und ob viele Angehörige bereit sind, Geschichten zu er-zählen, wissen wir auch nicht. Das alles ist so gut, und wenn es wirklich funktionieren würde, dann könn-ten wir damit auch wirklichen Erfolg haben, aber wir ha-ben es ja noch nie ausprobiert. In der Theorie ist alles toll, aber was ist, wenn die Produktionskosten für ein Video oder ei-nen Podcast viel zu hoch sind und wir einfach nicht hinterherkommen?«

Ich lasse mir Zeit, über seine Worte nachzu-denken. Verträumt schaue ich in den Schnee hinaus und frage mich, was passiert, wenn wir es einfach machen. Ist es wirklich so ein gro-ßes Risiko?

»Gut. Dann probieren wir's. Bist du dabei oder nicht? Nur ein Versuch, und wenn es nichts wird, lassen wir es bleiben und ich be-mühe mich, ein neues Praktikum zu finden.«

Finn sieht mich mit neutraler Miene an und ich habe die Befürchtung, dass gleich ein Nein auf mich einpras-selt und mein ganzer Zu-kunftsplan in Luft aufgelöst wird.

»Okay«, sagt er und nickt.

»Okay?« Ich bin verwirrt. Irgendwie kann ich mir nicht mehr vorstellen, dass wir doch noch irgendwie gut zusammenarbeiten kön-nen. Mit einem Mal habe ich das Gefühl, ihn zu etwas gezwungen zu haben und das ist nie mein Ziel gewesen.

»Ja. Suchen wir uns einen Fall aus und ver-suchen, das umzusetzen. Wir setzen alles da-ran, dass es funk-tioniert, und wenn es das tut, machen wir weiter.«

Fassungslos starre ich Finn an. Ich kann nicht glauben, dass er das gesagt hat, dass er plötzlich doch so zuversichtlich ist.

»Okay. Okay ...« Ich bin überfordert und gleichzeitig unglaublich dankbar. Ich weiß nicht genau, was ich sagen soll. Am liebsten würde ich meine Bewunderung ihm gegen-über aussprechen, dass er so mutig ist und sich all seinen Ängsten stellt. Denn nicht nur ich habe meine Schwester verloren, sondern er seine Verlobte und er war sogar dabei. Dieses Wissen lässt mich immer wieder zusammen-schrecken. Ich kann mir einfach nicht vorstel-len, wie es gewesen sein muss, alleine auf die-sem riesigen Schiff nach Hause gefahren zu sein. Ich zucke zusammen und eine Gänsehaut legt sich auf meine Arme.

»So, ich muss jetzt los. Welchen Fall wir nehmen, kannst du entscheiden. Schreib mir einfach, wann und wie wir uns das nächste Mal treffen.«

Finn steht auf und verlässt das Café. Ich starre ihm hinterher, weiß nicht recht, was ich sagen oder wie ich reagieren soll.

Kapitel 4

Robert

Ich weiß nicht, wie lange ich hier sitze. Das Erste, was ich richtig wahrnehme, ist die Be-wegung hinter mir. Erschrocken drehe ich mich um und schaue gerade-wegs in die Augen der jungen Frau. Sie hält in der Be-wegung inne, als sie bemerkt, dass ich sie ansehe.

»Ähm …«, setzt sie an und ihre Wangen fär-ben sich rosa. Ich weiß nicht, wie ich reagie-ren soll, und schaue sie nur blöd an. Mit ei-nem Mal hebt sie die Hand und reicht mir ei-nen karierten Zettel. Er erinnert mich er-schre-ckend an meinen vom gestrigen Abend. Per-plex nehme ich ihn entgegen, kann aber nicht draufschauen. Denn der liebe Blick, mit dem sie mich ansieht, fesselt mich vollkommen.

»Ich, äh …«, beginnt sie und ich weiß nicht, was sie von mir will. Bittet sie mich, zu ge-hen? Will sie, dass ich irgendetwas sage? So schwer es mir fällt, löse ich meinen Blick von ihr und lese die Nachricht.

Das, was du sagst, finde ich auch sehr interessant. :)

Als ich wieder aufschaue, steht sie noch an Ort und Stelle, sieht aber aus, als würde sie wirklich auf irgend-etwas warten. Ihre Wan-gen sind noch rosa gefärbt und sie spielt an den Knöpfen ihres Mantels herum.

»Wie heißt du?«, fragt sie mich plötzlich und reißt mich damit aus meiner Trance.

»Robert.«

»Ich heiße Carrie«, stellt sie sich vor und lä-chelt mich so warm an, dass ich schlagartig alle Hemmungen ver-liere.

»Den Namen habe ich noch nicht oft gehört«, sage ich und versuche, meine Freude im Griff zu halten. Ich weiß nicht, wie man solche Gespräche anfängt. Alle waren bisher an-ders. Beim Feiern, in einer Lerngruppe. Ich habe nie jemanden auf offener Straße oder in einem Café angesprochen.

Moment! Ich wurde angesprochen. Eigentlich habe ich gestern nur den ersten Schritt gemacht. Bin dann feige abgehauen und nun steht sie vor mir. Auch ein bisschen nervös, aber deutlich mutiger als ich. Schlagartig wird sie mir noch sympathischer.

»Stephen King«, sagt sie schulterzuckend. Ich lege den Kopf schief und sehe sie fragend an. Gut, dass meine dumme Aussage zu einem Gespräch führt. Sie deutet auf den Stuhl, auf dem Finn eben saß, und ich nicke ermunternd. Sie setzt sich und hält ihren Mantel mit verschränkten Armen fest.

»Meine Mama ist ein riesiger Fan und hat mir das vermacht. Carrie ist seine erste Protagonistin aus seinem Debüt.«

»Wirklich?« Meine Stimme überschlägt sich beinahe und ich frage mich, was genau sie an dem Autor so begeistert. Ohne zu zögern, stelle ich ihr genau die Frage. Kurz stehen ihre Gesichtszüge still, als würde sie abschätzen, ob sie sich gerade verhört hat. Dann fängt sie an zu strahlen.

»Erstens die Begeisterung meiner Mama ihm gegenüber, zweitens seine Fantasie, drittens seine Weltsicht, viertens seine Werke. Reicht das oder soll ich weitermachen?« Sie lacht auf und ich kann nicht anders, als über beide Ohren zu strahlen.

»Woran arbeitest du die ganze Zeit?«, frage ich neugierig.

»Ich lerne für die Uni.« Sie lächelt, aber es erreicht ihre Augen nicht. So leidenschaftlich, wie sie gestern ausgesehen hat, glaube ich nicht, dass sie sich nur wegen der Uni damit beschäftigt. Außerdem ist mehrfach das Wort Buch gefallen, aber ich spreche sie nicht drauf an. Gestern war gestern und heute ist heute.

»Warum hast du dein Praktikum gekün-digt?« Okay, entweder ist sie ziemlich neugie-rig oder mein erster Eindruck, dass sie ziemlich introvertiert ist, ist definitiv falsch.

»Es hat mir nicht gefallen. Das war alles rei-ne Zeitverschwendung«, antworte ich und frage mich, wie viel sie noch von unserem Gespräch gehört hat.

»Carrie, ich will nicht stören, aber wir haben seit 15 Minuten geschlossen«, sagt die Barista etwas bedröppelt hinter dem Tresen. Sie be-äugt uns forschend, gleichzeitig habe ich das Gefühl, dass sie schüchtern ist. Ich muss defi-nitiv lernen, die Gefühle anderer Menschen besser zu deuten.

»Oh Mist, sorry!« Carrie springt auf und ich sehe ihr verdutzt hinterher.

»Darf ich euch noch etwas zum Mitnehmen anbieten? Geht aufs Haus, ich wollte euch echt nicht stören. Ich bin nur verabredet und muss den Laden noch zumachen.«

Carrie dreht sich so schwungvoll zu mir um, dass ihr langer Mantel gegen einen Stuhl schlägt. Ein Schlüssel klimpert laut in ihrer der Tasche.

»Möchtest du?« Eine einfache Frage.

»Ja, gern.« Sie grinst erneut und ich tue es ihr gleich, bevor ich anfange, meine Sachen zusammenzupacken.

»Schwarzer Kaffee?«, fragt die Barista und ich nicke.

Kurze Zeit später stehe ich neben Carrie, zahle und wir verlassen gemeinsam das Café.

»Wo musst du lang?«, fragt sie vor der Tür. Ich deute nach rechts.

»Und du?«

»Ich auch.« Sie pustet in ihren Becher und schaut zu mir auf. Sie ist ein ganzes Stück kleiner und mit ihrem riesigen Schal sieht sie ziemlich süß aus.

Nebeneinander laufen wir los.

»Welches Buch von King empfiehlst du mir? Welches soll ich zuerst lesen?«

Carrie überlegt einen kurzen Moment, doch statt einer Antwort stellt sie mir gleich eine Gegenfrage.

»Welchen Film hast du schon gesehen?«

»ES eins und zwei. Shining und Misery«, antworte ich prompt. »Kann auch sein, dass es noch einige andere waren. So viele, wie da draußen existieren.« Ich zucke mit den Schultern und lache. Carries Augen strahlen. Mit einem Mal bleibe ich stehen. »Vielleicht sollte ich einfach mit Carrie anfangen?«, frage ich.

Sie bleibt ebenfalls stehen und mustert mich kurz.

»Gute Idee. Ansonsten hätte ich vorgeschla-gen, wenn du auf den Netflix-Kram stehst, Das Institut. Wenn du den Wahnsinn des Kings willst: Kujo. Er kann sich nicht mal daran erinnern, das Buch geschrieben zu haben.«

»Warum?«

»Drogen«, antwortet sie schulterzuckend. »Einer meiner Lieblinge ist Friedhof der Ku-scheltiere.«

Ich nicke andächtig und versuche, mir einen Teil zu merken.

»Das mit dem Friedhof kommt mir bekannt vor.«

Carrie schaut mich erwartungsvoll an.

»Ich glaube, ich habe mal den Film gesehen.«

»Den neuen von 2019 oder den von 1989?«

Ich fange an zu lachen. Die Winterlandschaft zieht nur so an uns vorbei und gleich sind wir an der U-Bahn-Station. Eigentlich müsste ich dahin, aber Carrie geht einen an-deren Weg und ich folge ihr. Der Kaffee in meinen Händen hält mich warm, ebenso wie die Nähe zu ihr. Manchmal stoßen wir beim Laufen ein wenig aneinan-der, mein Oberarm gegen ihre Schulter, aber sie scheint sich da-ran nicht zu stören. Ganz im Gegenteil. Ich sehe ein kleines, aber echtes Lächeln auf ihren Lippen.

»Warum lachst du denn jetzt?«, fragt sie ein wenig vorwurfsvoll, als würde sie das überhaupt nicht verstehen.

»Ganz schön süß, dass du die Jahreszahlen auswendig weißt.«

Sie wird rot und aus irgendeinem Grund genieße ich es. »Meinst du, das ist schon krankhaft?« Sie sieht ernst aus, weswegen mein Lächeln augenblicklich verschwindet.

»Krankhaft wäre es, wenn du um jeden Preis das Thema aufbringen würdest, aber wir füh-ren hier eine normale Unterhaltung, nicht?«

Sie nickt und nimmt einen Schluck von ih-rem Kaffee. Vermutlich, um nicht gleich ant-worten zu müssen.

»Außer deine ganze Wohnung ist mit sei-nem Gesicht zugeklebt und besteht nur aus Fanartikeln.«

Sie wird wieder rot. Nächstes Fettnäpfchen. Gut gemacht, Robert.

»Nur ein Regal und ein großes Bild an der Wand, aber da bin ich mit drauf, also zählt das auch nur halb.«

»Du und Stephen King?«

Mit einem Mal strahlt sie wieder über das ganze Gesicht.

»Ja, es war verrückt. Ich studiere Literatur-wissenschaft und eines Tages kam die Nach-richt, dass Stephen King an unsere Uni kommt. Für eine Lesung mit anschließender Fragerunde. Nur die Besten durften dorthin und ich war eine. Wobei ich nie verstanden habe, warum nur die Guten hindurften.« Sie setzt Anführungszeichen in die Luft, ehe sie fortfährt. »Na ja, an das Foto zu kommen, war nicht leicht, aber ich habe es geschafft.«

»Erzählst du mir irgendwann, wie?« Ich hof-fe inständig, dass sie die Andeutung versteht. Aber ich rede mit einer Literaturstudentin, Metaphern und Wortspiele sollten kein Prob-lem sein.

»Wenn du mir erzählst, was dich so an Ver-brechen interessiert.«

Fuck, damit hätte ich rechnen können … Erzähle ich von Sarah? Mir bleibt wohl nichts anderes übrig. Ich lasse meinen Blick aller-dings erst durch die Straßen schweifen und sehe aus dem Augenwinkel, wie Carrie zu mir hochschaut. Sie wirkt neugierig. Und süß.

»Ich glaube, das fing an, als ich mit elf das erste Mal Navy CIS geschaut habe. Ich mochte den Vibe. Die Guten gegen die Bösen. Ich wurde zur richtigen Nachteule. Die schönste Zeit meines Tages war nachts, wenn alle am Schlafen waren und ich diese Serien gucken konnte. Alibimäßig habe ich meine Faszination immer mit Jugendkrimis oder Thrillern gerechtfertigt, weswegen mein Bücherregal durch lauter Geschenke zu Weihnachten oder Geburtstagen voll wurde. Immer habe ich Bücher bekommen, in denen ich nur geblät-tert habe. Ich hab das Lesezeichen von Tag zu Tag ein Stück weiter vor gelegt. Alle haben gedacht, ich lese nachmittags, dabei habe ich geschlafen, um nachts Serien zu gucken.«

Carrie grinst nicht mehr. Sie schaut mich völlig gefesselt an und nickt als Aufforde-rung, weiterzusprechen.

»Bis etwas in meiner Familie passiert ist.«

Jetzt ist es raus, denke ich und reibe meinen Hinterkopf. Ich habe das nie an die große Glocke gehängt. Eher habe ich es vor allem und jedem verheimlicht, so-gar vor meiner Ex. Die wusste das nur, weil meine Mom es er-zählt hat. Schließlich hat sie mich sitzen las-sen, weil ich ihr nicht genug vertraut habe. Zumindest ihrer Ansicht nach.

»Du musst nicht drüber reden, wenn du nicht möchtest«, sagt Carrie schnell, bleibt stehen und hält mich am Arm fest. Ich zucke kaum merklich zusammen. Mein Blick huscht zu ihren Fingern, die sanft auf mir liegen, da-bei könnte sie sie doch wegziehen. Aber ich möchte gar nicht, dass sie das tut. Ihre Berüh-rungen fühlen sich gut an, auch wenn der Stoff meines Mantels meine Haut von ihrer trennt.

»Und wenn ich möchte?«, frage ich heraus-fordernd. Bei ihr fällt mir das komi-scherweise leicht.

»Dann darfst du das gern machen. Sehr gern.« Sie lä-chelt mich warm, aber zögernd an, als wisse sie nicht, was angebracht ist. »Nur …«

»Ja?«, mein Herz fängt an, wild zu schlagen. Sie hat einen Freund? Will nicht, dass ich wei-ter mitgehe und erfahre, wo sie wohnt? Was kommt als Nächstes?

Ich mustere sie und versuche, auf eine Ant-wort zu kommen. Schneeflocken sammeln sich in ihren Haaren und die Art, wie sie sich auf die Unterlippe beißt, be-ruhigt mich. Sie hat keine Abfuhr im Sinn. Hoffentlich nicht.

»Na ja, ich wohne hier.« Sie deutet auf das Haus hin-ter uns. Ein leises »Oh« entfährt mir.

»Ich kann dich nicht einfach mit dem Thema auf der Straße stehen lassen, oder?«

Bittet sie mich gerade hinein?

Carrie

Bitte ich ihn gerade wirklich herein?

Was ist nur in mich gefahren? Was, wenn seine Vor-liebe für Verbrechen über reines Interesse hinauswächst und ich sein erstes Op-fer bin? Okay, ein ziemlich leich-tes, und viel-leicht gar nicht das erste.

Der Gedanke ist albern. Faye macht so was mehrfach wöchentlich, da ist die Wahrschein-lichkeit viel höher.

»Ähm …«, setzt Robert an, aber ich lasse ihn gar nicht zu Wort kommen, sondern gehe die Stufen zur Eingangstür hinauf. Sie sind voll mit frischem Schnee und ich bete, dass sich darunter keine Eisschicht befindet und ich vor seiner Nase hinfalle. Bei den Minusgraden wäre das kein Wunder. Ich atme erleichtert aus, als ich oben ankomme und mit zittrigen Fingern meinen Türschlüssel suche.

Der Schnee knirscht hinter mir und sofort spüre ich die Wärme, die Robert ausstrahlt, obwohl es draußen so eisig ist. Seine Anwesenheit fühlt sich so ungewohnt gut an. Ich sperre auf, laufe zu meiner Wohnung in den zweiten Stock und höre seine Schritte die ganze Zeit hinter mir, doch wir sagen kein Wort. Einen Moment lang hasse ich mich für mein Angebot, ich habe ihn damit sicherlich überfordert. Erst als er meine Wohnung be-tritt, wir dicht beieinander in dem kleinen Flur stehen und einander angrinsen, mag ich meine Entscheidung. Er bereut es scheinbar nicht, also tue ich es auch nicht.

»Nicht sonderlich groß, aber meine Bücher passen alle rein«, verteidige ich mein kleines Reich lachend. Robert tut es mir gleich, zieht sich die Schuhe von den Füßen und hängt seine Jacke über die Garderobe, ehe er mir folgt und sich ein Urteil bildet. Gerade als ich die Lichterketten einschalte, fällt er ein Urteil.

»Ich wünschte, meine wäre so gemütlich.« Mit einem Mal wird es dunkler, sobald ich das Deckenlicht ausschalte. So, wie ich es mag. Aber ist es jetzt zu dunkel? Zu gemütlich? Zu romantisch? Hoffentlich denkt er nicht, ich habe ihn nur hergebracht, um mit ihm zu schlafen.

»Noch besser.« Er grinst und meine Angst verfliegt. Einen Moment stehen wir einander nur gegenüber. Ich frage mich, warum mir so was plötzlich leichtfällt.

»Willst du etwas trinken?«

»Was hast du da?« Die Gegenfrage kommt viel zu schnell, denn ich habe keine Ahnung. Meistens trinke ich Wasser oder Tee.

Ich deute ihm an, zu warten, und verschwinde in der Küche. Dort öffne ich den Kühlschrank und stelle erleichtert fest, dass ich noch von allem etwas dahabe. Zwei Bier, eine Flasche Weißwein und eine Cola. Ich rufe ihm die Auswahl zu, aber statt zu antwor-ten, kommt er zu mir und stellt sich hinter mich.

Mit einem Mal fühle ich mich so schrecklich klein und ein wenig zerbrechlich. Als müsste er mich beschützen, auch wenn ich nicht die Zierlichste bin. Ich weiß, dieser Gedanke ist albern, vielleicht sogar dumm, aber für mich etwas Besonderes.

»Was möchtest du trinken?«, fragt er so dicht an meinem Ohr, dass mich eine Gänse-haut einnimmt. Bilde ich mir das ein oder fangen wir ganz offensichtlich an zu flirten?

»Also wenn wir wirklich anfangen, private Dinge zu erzählen, kann ich Alkohol vertra-gen.«

»Und wenn wir das nicht tun?«

»Dann erst recht!«, rufe ich und ziehe die Weinflasche aus dem Kühlschrank. Ich höre Robert hinter mir auflachen und tue es ihm gleich.

»Das war ein Scherz, aber mir gefällt deine Wahl.«

»Gut«, sage ich knapp und schiele zu ihm hoch. Sein Blick liegt auf mir, während ich noch eine Wasserflasche heraushole. Beides stelle ich auf der Arbeitsfläche ab, anschlie-ßend ziehe ich zwei Weingläser aus den Schränken.

»Wein oder Weinschorle?«

»Weinschorle, bitte«, antwortet er und ich gehorche. Ich fülle erst Wein in beide Gläser, dann schnappt sich Robert die Flasche und stellt sie zurück in den Kühlschrank. Dasselbe macht er mit dem Wasser.

Für einen vermeintlichen Killer ist er ganz schön nett. Ich muss kichern, dabei habe ich noch keinen einzigen Schluck zu mir genom-men. Normalerweise bin ich nur so aufge-kratzt, wenn ich getrunken habe, aber dieser fremde Kerl in meiner kleinen Küche hat die-selbe Wirkung auf mich.

Seit wir unsere Kaffeebecher auf dem Weg in einen Mülleimer geworfen haben, sind meine Hände kalt geworden und ich hatte ge-hofft, mich aufwärmen zu können. Mit einem eiskalten Weinglas in der Hand geht das nicht. Kurz überlege ich, bis mir die Frage wie von selbst über die Lippen kommt: »Willst du auch eine Wärmflasche?«

Robert, der gerade dabei war, die Küche mit unseren Gläsern zu verlassen, dreht sich zu mir um. »Ja, warum nicht.«

Ich weiß nicht, ob er aus Verwunderung oder Kälte zustimmt, aber dass er nichts ge-gen Wärmflaschen hat, verleiht ihm einen weiteren Pluspunkt. Ich setze den Wasserko-cher auf und gehe zu Robert. Er hat die Glä-ser auf meiner Kommode abgestellt und steht vor dem Bild von mir und King, worauf man vom Bett aus einen perfekten Blick hat. Ich trete neben ihn, weil ich ihm nah sein will. Außer-dem sind meine Wärmflaschen im Regal da-neben verstaut.

»Du siehst da glücklich aus.« Robert dreht sich zu mir.

»Das war der schönste Tag meines Lebens.«

Wir schweigen einen Moment, bis das Kli-cken meines Wasserkochers ertönt und ich zurück in die Küche muss. Ich dränge mich an ihm vorbei und spüre die Stellen meines Kör-pers noch viel deutlicher, die seinen berührt haben. Die, die die Wärme seines Rückens ge-spürt haben. Auch wenn ich nicht hinsehe, weiß ich, dass er mir nachschaut.

Als das Wasser für die zweite Wärmflasche kocht, gehe ich nicht wieder zu ihm. Stattdes-sen schreibe ich Faye eine Nachricht. Sie hat mir Bescheid gesagt, dass sie nicht mehr ins Café kommt, weil sie letzte Nacht viel ge-trunken hat. In diesem Moment bin ich froh darüber, ansonsten hätte ich mich nie getraut, Robert den Zettel zu geben. Sie hätte mich nicht davon abgehalten, ganz im Gegen-teil, aber es wäre mir zu peinlich gewesen, wenn er mich abserviert hätte. Aber jetzt, da ich et-was zu feiern habe, fällt es mir leicht, auf sie zuzugehen.

Carrie: *Heute bin ich diejenige, die vermut-lich zu viel trinkt ;)*

Ich sende die Nachricht ab und hoffe inständig, dass sie schnell antwortet. Ich kann ein wenig Mut gebrau-chen. Mein Bauch kribbelt angespannt und mein gan-zer Körper befindet sich in einem wachsamen Zustand, wenn ich daran denke, gleich zu ihm zu gehen und kei-nen Grund zu haben, ihn so schnell zu verlassen, fängt alles an zu kribbeln. Ich fühle mich so lebendig, wie schon lang nicht mehr.
Warum bin ich heute so mutig?
Die Frage überrascht mich selbst, auch wenn sie be-rechtigt ist.
Online. Unter ihrem Namen steht plötzlich On-line und wird nur wenige Sekunden später zu einem: Schreibt … Ich juble innerlich.

Faye: *Was? Warum? Wo bist du? :o*
Carrie: *Zu Hause, aber nicht allein. Wenn ich morgen nüchtern bin, schreib ich dir.*
Faye: *Nichts da! Du rufst an und dann bin ich zehn Minu-ten später da und du erzählst mir alles!*
Faye: *Ist er vernünftig?*

Faye: *Blöde Frage, sorry! Wenn du ihn so schnell mit zu dir nimmst, ist er vernünftig.*

Ich schicke ihr einen lachenden Smiley, ge-folgt von einem, um den kleine Herzen her-umtanzen.

Faye: *Ich bin so stolz auf dich! Du wirst so schnell erwach-sen. :'(*

Grinsend stecke ich das Handy in dem Mo-ment weg, als der Wasserkocher fertig ist und ich die zweite Wärmflasche befüllen kann. Mit beiden kehre ich zu-rück in mein Zimmer, wo Robert sich gerade an mei-nem Bücherre-gal zu schaffen macht. In der Hand hält er ein Buch. Scheinbar liest er sich den Klappentext durch, so gebannt, wie er daraufstarrt. Ich nehme mir in der Zeit die beiden Büchersta-pel, die auf dem Boden neben meinem Nacht-tisch stehen, und ziehe sie in die Mitte des Raumes. Vom Fußende schnappe ich mir ei-nige Wolldecken, lege sie davor und stelle Kissen gegen mein Bett, damit wir etwas Wei-ches im Rücken haben. Erst, als ich fertig bin, geselle ich mich zu Robert. In den Händen hält er eine der neuesten Ausgaben von Carrie und die neue Filmausgabe von Friedhof der Kuschel-tiere.

»Die beiden also?«, fragt er und ich nicke verlegen.

»Werde ich mir merken.«

»Du kannst sie auch ausleihen«, platzt es aus mir he-raus.

Spinne ich? Ich habe nie Bücher verliehen, erst recht nicht meine liebsten.

»Deine Ordnung ist ziemlich interessant.«

»Wie kommst du darauf?«, frage ich und lasse meinen Blick durch das Regal schweifen.

»Du hast von jeder Geschichte mehrere Ausgaben und hast sie von alt nach neu ge-ordnet, gefolgt von DVDs oder Hörspielen.«

Warum erzählt er mir das? Als wüsste ich das nicht selbst. Ich schmunzle und lege den Kopf schief, weil ich nicht recht verstehe, worauf er hinauswill.

»Ich finde das besonders.«

Ich lache erneut auf und schnappe mir die beiden Weingläser, die ich auf den Büchersta-peln abstelle, und lasse mich anschließend vor mein Bett fallen.

»Hoffe, es ist so okay, ich habe leider keinen beque-meren Platz«, rechtfertige ich mich und versuche, jede kleine Regung in seinem Ge-sicht aufzunehmen, in der Hoffnung, dass er mich deswegen jetzt nicht schlimm findet.

»Völlig okay«, antwortet er zu meiner Ver-wunderung und strahlt über beide Ohren. »Prost«, sagte er, nimmt sein Glas und hält es mir zum Anstoßen hin. Sie klirren aneinan-der, weswegen mein Prosten völlig untergeht. Wir schauen uns tief in die Augen, und für ein Moment vergesse ich, wie Atmen funktio-niert.

Das alles ist so surreal!

Robert entzieht sich unserem Moment und trinkt ei-nen Schluck, ich tue es ihm gleich. Schließlich räuspert er sich und ich nehme die Welt um uns herum ein Stück mehr wahr. Hoffentlich habe ich ihn nicht unangenehm angestarrt, denke ich und lasse meinen Blick durch den Raum schweifen.

Zum Glück habe ich erst vorgestern einen Großputz veranstaltet, weswegen meine Wohnung blitzblank ist. Hoffentlich geht er nicht davon aus, dass es immer so aussieht, denn das wäre ganz und gar nicht realistisch.

»Wo sind wir stehen geblieben?«, fragt er.

Will er nicht allein seine Probleme anschneiden?

Mir wäre das unangenehm, die Stille, die zwischen uns herrschte, war es aber keinesfalls.

»Bei deiner Familie und deinem Faible für Verbrechen«, erinnere ich ihn.

»Stimmt.« Er räuspert sich und trinkt einen Schluck seines Weins. »Meine Schwester ist auf einer Kreuzfahrt verschwunden. Einfach so. Finn, mit dem ich im Café war, ist ihr Verlobter. Gewesen.« Er räuspert sich erneut und reibt sich über den Nacken. »Am einem Abend haben sie sich gestritten, eigentlich wieder vertragen, auch wenn sie laut ihm nicht alles ausdiskutiert haben. Als er am nächsten Morgen aufgewacht ist, war sie weg.«

Ich schlucke. Kann nicht begreifen, was das für ihn und seine Familie bedeuten muss. Trauer und unzählige Fragen überkommen mich.

»Und keiner weiß, wo sie jetzt ist?«

Robert schüttelt den Kopf.

»Ich hoffe, es ist okay, wenn ich Fragen stel-le? Also, ich will dich nicht …«

Er lächelt mich an und legt mir die Hand auf den Unterarm. Mein Blick fällt sofort darauf und ich kann mir ein Lächeln nicht verknei-fen.

»Frag so viel, wie du möchtest.« Ich schaue ihn wieder an und die Intensität in seinem Blick macht mich ganz nervös.

»Nein, keiner weiß das. Es gab eine Überwa-chungskamera, die gezeigt hat, dass sie das Zimmer verlassen hat, allein. Freiwillig.« Ich frage mich sofort, warum er das so betont, lasse ihn aber ausreden. »Meine Eltern geben sich und Finn die Schuld. Sie wollen nicht, dass ich etwas mit ihm zu tun habe, aber ich bin fünfundzwanzig, ich kann mich treffen, mit wem ich will.« Er klingt patzig, wie ein kleiner Junge, der seinen Willen durchbekommen will. Einen Moment denke ich nach, bevor ich ihn wieder ausfrage.

»Zwei Fragen. Warum geben sich deine El-tern die Schuld? Und warum Finn?«

»Sie haben den beiden vor fast zehn Jahren die Karten für diese Kreuzfahrt zu Weihnach-ten geschenkt. Vielleicht hasse ich Weihnach-ten deswegen so sehr.« Er zieht die Stirn kraus und presst die Lippen aufeinander. »Für die andere Antwort müsste ich ein bisschen ausholen.«

»Okay«, sage ich und warte darauf, dass er fortfährt, aber Robert steht auf, nimmt sein leeres Weinglas und blickt fragend auf meins.

»Möchtest du auch? Ich könnte noch was vertragen.«

»Oh Mist! Sorry, ich bin wirklich eine mise-rable Gastgeberin!« Ich will aufspringen, aber Robert lacht nur und gibt mir mit einem Lä-cheln zu verstehen, dass ich sitzenbleiben kann. Aus irgendeinem Grund gefällt es mir, dass er sich hier so frei bewegt. Sich nicht scheut. Oder plant er nur seinen Fluchtweg, wenn ich betrunken genug bin? Ich höre, wie er den Kühlschrank öffnet, und lege meinen Kopf kurz auf mein Bett. Gebannt starre ich die Decke an.

Werde ich das morgen bereuen? Aber was sollte ich bereuen? Einen Menschen kennen-zulernen? Okay, es ist nicht üblich, sich gleich so zu treffen, aber auch nicht das erste Mal, dass Menschen das machen, die sich scheinbar mögen.

In dem Moment kommt Robert mit zwei frischen Weinschorlen zurück. Ich setze mich aufrecht hin und nehme ihm beide Gläser ab, damit er es sich gemütlich machen kann. Ich habe das Gefühl, dass wir deutlich dichter beieinandersitzen. Mein Knie berührt beinahe seines und ich nehme seine Wärme deutlich interessiert wahr. Ich schiebe meine Wärmflasche von mir, als ich merke, wie heiß mir mit einem Mal wird.

Rote Flecken will ich nicht im Gesicht haben und erst recht will ich nicht wild schwitzen.

»Sarah hatte Probleme. Viele. Überall, wo man Probleme haben kann, und ich würde nicht behaupten, dass sie für jedes etwas konnte. Sie ist in der Highschool gemobbt worden, ist dann an die falschen Leute und Drogen gekommen. Sie war clean, als sie Finn kennengelernt hat, hatte aber noch mit den Nachwirkungen zu kämpfen. Sie hatte mit 18 mehrere tausend Dollar Schulden, hatte noch ein Umfeld, in dem Drogen oft Thema waren. Ich hatte das Gefühl, dass sie da nie richtig rausgekommen ist, weißt du?« Ich nicke. »Mit Finn hat sie sich zum Positiven verändert. Er hat sie in ein neues Umfeld gebracht. Nicht unbedingt das Beste, aber besser.« Bei seinem Wortspiel muss ich grinsen. Ihm zuzuhören ist so angenehm. Er redet bewusst, nimmt sich Zeit und ich habe plötzlich Bilder vor mei-nem inneren Auge. Den jungen Robert, der all das Drama um sei-ne große Schwester mit-bekommt. Seine Eltern die sich sicherlich ständig Sorgen um seine Schwester gemacht haben.

»Was hat das mit deiner Familie gemacht?«, höre ich mich fragen. Als ich Robert doch an-sehe, blickt er mich entgeistert an und ein schlechtes Gewissen überkommt mich. Ich bin leider ein Profi darin, die beschissensten Fra-gen zu stellen und dadurch Fässer aufzuma-chen, die eigentlich verriegelt sind. Mit Nägeln zugehämmert – und ich haue einfach ein Loch hinein.

»Es war schwierig. Meine Eltern haben im-mer an sie geglaubt. Immer. Sie dachten erst, dass sie aus Schan-de nicht zurückkommt, weil sie wieder rückfällig ge-worden ist. Weißt du, Finn hatte eine schwere Zeit durchgemacht. Die beiden waren deswegen kurzzeitig ge-trennt, die Drogen haben sie zusammengeschweißt. Kurz gesagt: Beide haben durch meine Eltern eine Therapie begonnen, sind clean geworden und die Kreuzfahrt, um etwas von der Welt zu sehen und mal rauszukom-men, war das Weihnachtsgeschenk meiner Eltern. Aber auch ein Zeichen deren Stolzes, denn sie waren an dem Tag, an dem es los-ging, ein Jahr lang clean. Meine Schwester hatte endlich Arbeit, war auf einem guten Weg, alle Schulden abzutragen, und ich kenne sie, ich versichere dir … Das hätte sie niemals weggeworfen. Sie war so stolz …«

Roberts Worte hallen in mir nach und sam-meln sich in einem dicken Kloß in meinem Hals. Gedrungen atme ich aus. Ich muss etwas sagen. Ich kann das nicht so stehen lassen und ihm das Gefühl geben, allein damit zu sein. Ohne drüber nachzudenken, stelle ich mein Glas weg und rutsche zu ihm. Verwirrt sieht er mich an. Als ich meinen Kopf auf seine Schulter lege, verspannt er sich für einen Moment.

»Ich wünschte, ich könnte gerade irgendet-was Schlaues sagen, damit es dir besser geht.«

Robert legt seinen Kopf auf meinen und atmet tief ein. »Ich fühle mich tatsächlich nicht schlecht.«

Ich horche auf, ziehe den Kopf von seiner Schulter und schaue ihm direkt ins Gesicht, auf der Suche nach einer Antwort. Sein Blick wandert über mein Gesicht und plötzlich werde ich mir unserer Nähe noch bewusster.

»Dass ich dir das erzähle, fühlt sich gut an. Eigentlich müsste ich mich bei dir bedanken, dass du mir zuhörst.« Ich will den Mund auf-machen, da verharrt sein Blick auf meinen Lippen, wandert wieder hoch zu meinen Au-gen, ehe er »Danke« flüstert. Ich schlucke.

»Ich glaube, ich habe gleich noch ein paar Fragen.«

Robert lacht auf und sieht mich fragend an.

»Ich muss mich kurz sammeln«, bringe ich erstickt hervor.

Dieses Kribbeln in meinem Bauch wird immer stärker. Sein Brustkorb hebt und senkt sich leise. Unsere Gesichter kommen einander immer näher und ich nehme seinen Geruch noch intensiver wahr. Herb und weich zu-gleich. Männlich und rau.

Mit einem Mal beugt Robert sich vor und küsst mich.

Kapitel 5

Robert

Carrie entfährt ein erschrockenes Seufzen und ich ziehe mich sofort zurück. Fuck, das hätte ich nicht machen sollen. Sicherlich denkt sie jetzt, ich wäre nur deswegen hier, aber das bin ich nicht. Ganz und gar nicht.

Als ich die Augen wieder öffne, schaut sie mich wehleidig an, als wundere sie sich über meinen Rückzug. Wir sehen einander in die Augen und die Luft um uns herum wird dicker. Mein ganzer Körper kribbelt und sehnt sich nur danach, dass ihre Lippen auf meinen liegen. Ihre weichen, warmen Lippen…

Dieses Mal ist es Carrie, die sich vorbeugt, aber ich gehe den entscheidenden Schritt und küsse sie erneut. Wir verharren einen Mo-ment, ehe sie ihre Lippen teilt. Wir brauchen einen Augenblick, bis wir unseren Rhythmus finden.

Unsere Küsse sind langsam und sanft. Spielerisch mit einer gewissen Tiefe. Es fühlt sich an, als würden wir uns nicht zum ersten Mal küssen und das ist verrückt. All dies ist verrückt. Dieser Tag, diese Geschehnisse und Carrie. Irgendwie ist auch sie verrückt und ich habe Angst, dass dieser Traum platzt. Dass sich uns irgendetwas in den Weg stellt und wir wieder getrennte Wege gehen müssen. So schnell, wie sie uns zusammengebracht haben.

Schwer atmend lösen wir uns voneinander und ich lehne meine Stirn gegen Carries. Sie hat sie Augen geschlossen und für einen Mo-ment befürchte ich, dass sie bereut, was gerade geschehen ist, aber als sie wieder hoch-schaut, lächelt sie.

»Als ich dich gestern gesehen habe, habe ich nicht hiermit gerechnet«, sagt sie und grinst, ehe sie sich abwendet und einen Schluck aus ihrem Weinglas nimmt. Lächelnd schüttelt sie den Kopf.

»Ich habe es gehofft«, platzt es aus mir her-aus, obwohl ich mir die Tatsache vorher nie so bewusst gemacht habe.

Fragend schaut sie mich an, lächelt dabei aber immer noch. »Wirklich?«

»Ja, auch wenn ich mir eben erst darüber bewusst geworden bin.«

Sie lässt ihren Kopf gegen meine Schulter fallen. Gemeinsam schweigen wir einen Mo-ment, doch das ist nicht unangenehm. Ganz im Gegenteil. Ich genieße das Geräusch ihrer ruhigen Atmung. Das Gefühl ihrer weichen Haut, wenn mein Finger darüberstreicht. Mit Carrie fühlt sich alles so natürlich an. Ich habe nicht das Gefühl, dass sie etwas von mir erwartet. Erwartet, dass ich mich auf eine bestimmte Art verhalte oder etwas sage, was rechtfertigt, was wir gerade machen. Denn warum sollten wir aufhören, wenn sich das so gut anfühlt?

Sie trinkt den letzten Schluck ihres Weines und löst sich von mir. Verdattert schaue ich auf.

»Auch noch einen?«

Ich nicke und reiche ihr mein leeres Glas.

»Und danach möchte ich, dass du mich mit in deine Welt nimmst.«

»Wie meinst du das?«, frage ich und runzle die Stirn.

»Wenn du so auf Serien stehst, in denen es um Kriminalfälle geht, dann zeig mir deine liebste. Immerhin erkundigst du dich ja auch über meine.« Sie deutet auf das Regal und plötzlich macht es Klick.

»Okay«, antworte ich und schaue ihr hinterher, bis sie in der Küche verschwindet. Ich höre, wie sie den Kühlschrank öffnet und fange an zu überlegen.

»Fiction oder Non-Fiction?«, frage ich, als sie wieder ins Zimmer kommt.

Carrie stellt beide Gläser zu meiner Ver-wunderung auf dem Nachttisch ab und nicht auf den Bücherstapeln, die wir vorher als Ti-sche verwendet haben. Ohne zu antworten, geht sie in den Flur und kommt mit ihrem Laptop zurück. Unter ihrem kleinen Schreib-tisch zieht sie eine Art Tablett heraus, nur das sich daran zwei ein-klappbare Beine befinden. Sie zieht sie aus, stellt es aufs Bett und ihren Laptop darauf. Erst dann antwortet sie. »Non-Fiction.«

Sofort entscheide ich mich für I am a Killer auf Net-flix. Während Carrie anfängt, ihre Kissen aufs Bett zu werfen, rapple ich mich auf.

Plötzlich hält sie in der Bewegung inne.

»Ist doch okay, oder?«, fragt sie und deutet aufs Bett. »Wenn ich noch länger auf dem Bo-den sitze, drehe ich durch.«

Bei ihrer Wortwahl muss ich schmunzeln. »Mir soll es recht sein«, antworte ich und sie nickt.

Nur wenige Minuten später finden wir uns dicht an-einandergeschmiegt auf ihrem Bett wieder. Ich schaue Carrie öfter an als den Bildschirm und finde es äußerst interessant zu beobachten, wie sie auf die verschiede-nen Szenen reagiert.

Aus irgendeinem Grund hätte ich erwartet, dass sie schockierter ist. Dass sie das, was da abgeht, mehr mit-nimmt, aber ich habe wohl vergessen, wer ihr Lieblings-autor ist. Statt-dessen ist sie wachsam, sieht ein wenig böse aus, aber ich bin mir sicher, dass sie nur alles in sich aufnimmt und mich am Ende der ers-ten Folgen mit Fragen löchert und versucht, alles genauer zu ver-stehen. Doch als der Ab-spann der ersten Folge läuft, ist sie schon eingeschlafen.

Carrie

So gut habe ich lange nicht mehr geschlafen, schießt es mir beim Aufwachen durch den Kopf. Kurz erwarte ich, erschrocken zu sein, als sich Roberts Brust hinter mir in regelmäßigen Abständen hebt und senkt. Neben ihm aufzuwachen, fühlt sich gut an, genau wie al-les andere. Ich habe zum ersten Mal mit einem Mann nicht das Gefühl, den Bauch ein-ziehen zu müssen, damit er mich schön findet, auch wenn seine Hand darauf ruht.

Ich drehe mich nicht um, versuche, ihn nicht zu we-cken, sondern genieße den Moment in vollen Zügen. Immerhin wird er früh genug vorbei sein.

Also lausche ich dem starken Wind draußen. Beob-achte die Schneeflocken, die sich auf mein Dachfens-ter legen und frage mich, wie ich solches Glück haben kann und was mein Opfer sein wird, das ich dafür zah-len muss.

Mein Herz? Vielleicht. Aber so surreal, wie mir ges-tern Abend alles vorgekommen ist, heute verspüre ich nur noch Glück und Dank-barkeit.

Es klingelt an der Tür. Immer und immer wieder. Erst da merke ich, dass ich wohl wieder eingeschlafen bin. Robert liegt inzwischen auf dem Bauch, ich an ihn ge-schmiegt, und als ich die Augen öffne, schaut er mich verschlafen an. Ob er es bereut?

»Morgen«, brumme ich, was allerdings erneut von meiner Klingel unterbrochen wird.

Robert echot meine Antwort. Als ich über ihn hinweg-klettern will, um die Tür zu öffnen, hält er mich sanft und bestimmend am Arm fest. Ich verharre über ihm. Mit beiden Händen umfasst er mein Gesicht, setzt sich ein Stück auf und küsst mich.

Unsere Lippen liegen ruhig und zärtlich aufeinander und mein Bauch fängt wie wild an zu kribbeln.

Als es erneut klingelt, löse ich mich von ihm, schnappe mir den Bademantel, der über meinem Schreibtischstuhl hängt, und laufe zur Tür. Da keine Möglichkeit habe, die Tür von hier oben aus zu öffnen, schlüpfe ich schnell in Latschen, ziehe den Schlüssel ab und laufe nach unten.

Vor der Tür steht eine völlig aufgelöste Fa-ye. Noch bevor ich sie begrüßen kann, fällt sie mir um den Hals.

»Ich hatte Angst, du wurdest verschleppt!« Sie klingt völlig fertig und mich überkommt ein schlechtes Gewissen. Haben wir gestern etwas abgemacht und ich Trottel habe es ver-gessen?

»Warum?«, frage ich zögerlich und lehne mich ein Stück zurück. Faye ist ungeschminkt und unter ihren Augen liegen dunkle Augen-ringe. Entweder hatte sie selbst eine lange Nacht oder nichts aus ihrem ersten Burnout gelernt. Die Vermutung, dass etwas anderes im Busch ist, überkommt mich, ich verdränge sie aber sofort.

»Na ja, du wirst zwar langsam erwachsen, aber wenn du den halben Tag schläfst, obwohl du mir Bescheid sagen wolltest, wenn du wach bist, machen Eltern sich Sorgen, Kleine.« Der pseudomütterliche Ton verleiht der Situation etwas Amüsantes.

»Du hast uns wachgeklingelt!« Ich lache und Faye legt den Kopf schief.

»Habt ihr letzte Nacht so lange …?«

»Wir haben nicht …«

»Oh!«

»Ja«, sage ich und lache wieder auf.

Erst jetzt lasse ich den Blick einen Moment über die Straße schweifen und stelle zufrie-den fest, dass immer noch alles so weiß ist wie gestern Abend.

»Na gut, dann habt viel Spaß. Ich bin im Ca-fé und muss noch einiges aufholen.«

»Du hattest gestern Besuch?«

»Ja, und zwar mit Erlösung!« Sie zwinkert mir zu, hüpft die Stufen hinunter und geht davon. Kopfschüttelnd sehe ich ihr nach.

Langsam wird mir bewusst, wie kalt es ist. Ich ziehe meinen Bademantel fester um meinen Körper und laufe wieder nach oben, direkt zu Robert ins Bett.

»Wer war das?«, fragt er und ich muss wie-der sofort schmunzeln.

»Meine beste Freundin Faye. Sie hat gedacht, du hättest mich verschleppt.«

»Klingt fürsorglich«, witzelt er und lacht. Ich kann nur vor mich hin grinsen.

»Ja, sie ist ganz schön toll.«

»Wie habt ihr euch kennengelernt?«

»In der Uni. An meinem ersten Tag saß ich in der Vorlesung und sie kam zu spät. Sie hat sich neben mich gesetzt, sich durch die nassen Haare gewuschelt und mich gemustert. Plötzlich hat sie mir direkt in die Augen gesehen und gemeint, ich solle nicht so traurig gucken, immerhin ist sie jetzt meine neue Freundin. Und seitdem ist das so.«

»Wow, du scheinst alle wichtigen Leute in deinem Leben so schnell kennenzulernen.«

Ich denke einen Moment über seine Aussage nach. Tue ich das? Ehrlich gesagt habe ich mir das noch nie bewusst gemacht. »Scheint so«, erwidere ich deswegen ein wenig gleichgültig. Erst in dem Moment wird mir klar, dass er sich scheinbar als Bestandteil meines Lebens sieht. »Das heißt, du bleibst?«, frage ich verblüfft.

»Nicht den ganzen Tag, aber wenn du heute Abend nichts vorhast, können wir gern die erste Folge zu Ende schauen.«

Eine Wärme nimmt meinen Körper ein, mit der ich nicht gerechnet habe. Ich fühle mich … ein wenig wacklig auf den Beinen? Dabei liege ich doch.

»Ich bin eingeschlafen, oder?«, frage ich und Robert nickt.

»Ich war mir nicht sicher, wie du reagierst, wenn ich einfach hier schlafe. Dazu hast du mich immerhin nicht eingeladen.«

»Vermutlich wäre ich eher sauer gewesen, wenn du abgehauen wärst.«

»Meine Nummer hätte ich dir auf jeden Fall dagelassen«, antwortet er prompt und küsst mich auf die Stirn. Ich schmiege mich weiter an ihn und wünsche mir inständig, dass er gar nicht erst geht.

Allerdings muss er das, seine Nummer lässt er mir aber da. Als er geht, springe ich prompt unter die Dusche, hüpfe vor mich hin und ha-be Angst, Bauchschmerzen vor Bauchkribbeln zu bekommen. In Windeseile mache ich mich fertig, schicke immer wieder Herzen mit Ro-bert hin und her und laufe zum Café. Ich bin schneller als sonst, bestelle einen Tee statt ei-nes Kaffees und weiß meine Gedanken nicht zu sortieren, als ich Faye von meinen letzten zwölf Stunden erzähle. Immer wieder springe ich hin und her, weiß nicht recht, wie ich mei-ne Gefühle beschreiben soll, aber das muss ich gar nicht, denn sie versteht mich auch so.

»Ich finde, du solltest dem nachgehen. Schau, wo es dich hinbringt und wo ihr zu-sammen landet. Vielleicht heiratet ihr, vielleicht macht er vor Weihnachten mit dir Schluss, weil er keine Lust hat, ein Geschenk für dich zu kaufen.« Faye sagt das so leicht hin, doch für mich fühlt sich das an, als würde sie mir in die Magengrube schlagen. Viel-leicht bin ich zu selbstsicher, was mich und Robert betrifft, aber im Normalfall trügt mich mei-ne Intuition nicht.

Mein Magen knurrt wie verrückt, ebenso wie der meiner Freundin. Wir verlegen unse-ren Arbeitsplatz in ihr Bett. Es ist Wochenende und ich kann mich sowieso nicht konzent-rieren. Die Pizza, die wir bestellen, ist nur eine zusätzliche Belohnung für … alles. Meinen Mut vielleicht.

Wir gammeln den ganzen Tag in ihrem Bett, erzäh-len uns Geschichten und ich springe immer wieder aufgeregt auf, weil ich mein Glück kaum fassen kann. Bis es plötzlich sie-ben Uhr abends ist und somit Zeit für mich, zu meiner Wohnung zu laufen, denn Robert hat geschrieben, dass er zwischen acht und neun Uhr kommt, wenn ich will. Natürlich will ich!

Robert

Es ist bereits dunkel, als ich die verlassenen Straßen Brooklyns durchquere. Es schneit schon wieder und zum ersten Mal seit Jahren freue ich mich darüber. Ich verbinde den Schnee inzwischen mit Carrie und das ist et-was Gutes.

Seit ich heute Morgen ihre Wohnung verlas-sen habe, kann ich nur noch an sie denken. Alles ist so wahnsin-nig und langsam nerve ich mich selbst mit dieser Aus-sage, aber ich hätte nie gedacht, dass ich mich mit ihren Eigenar-ten so schnell vertraut fühle.

Inzwischen sind über 24 Stunden vergangen, seit ich mit in ihre Wohnung gegangen bin. Einfach so, ohne drüber nachzudenken und ohne mir klarzumachen, was das für unsere Zukunft bedeuten könnte.

Ohne auf mein Navi zu gucken, weiß ich, welche Strecke ich gehen muss. Dabei habe ich gestern nicht einmal darauf geachtet, wo wir hinlaufen. Ich bin gespannt, wie es sein wird, sie wiederzusehen.

Wir treffen uns erst zum dritten Mal und es fühlt sich an wie das dreihundertste …

Ich drücke auf die Klingel und wenige Se-kunden später wird Licht im Flur angemacht, gefolgt von schnellen Schritten, die ich durch die schöne Tür höre. Sie ist verglast, und als sich ein Schatten dahinter abbildet, fängt mein Herz an, wild zu schlagen. Carrie öffnet und fängt bei meinem Anblick an zu strahlen.

Ich tue es ihr gleich. Automatisch überbrücke ich den Abstand und schließe sie in meine Arme. Ich kann meinen Kopf ohne Probleme auf ihren legen und diese Erkenntnis macht mich schon wieder glücklich.

»Hallo«, murmle ich in ihr Haar und nehme ihren frischen Duft in mich auf. Als wir uns voneinander lösen, sehe ich, dass sie rot ist. Auch eine Art der Begrüßung. Wenn auch eine niedliche.

»Ist es komisch, wenn ich dir sage, dass ich dich vermisst habe?«, frage ich und werde mit einem Lächeln belohnt.

»Ich dich auch!«

»Ich habe etwas mitgebracht«, sage ich und ziehe die Weinflasche aus meiner Tasche.

Carrie lacht, und obwohl ich nicht weiß, wa-rum, muss ich grinsen.

»Die habe ich auch vorhin besorgt!«, ruft sie und lacht erneut herzhaft auf.

Gemeinsam gehen wir hinein und machen es uns in ihrem Bett gemütlich. Auf dem Tab-lett steht wieder ihr Laptop und die erste Folge von I am a Killer läuft. Wir starten sie von vorn, aber auch diesmal bekommen wir nur die erste Hälfte mit, allerdings nicht, weil sie einschläft. Die Frage, wie mein Tag war, kommt unerwartet und erfreulich zugleich. Ich habe nicht damit gerechnet, gleichzeitig freue ich mich darüber. Dass ich mit einem »Warum?« antworte, verwirrt Carrie. Doch zu meiner

Verwunderung lässt sie das nicht raushängen, sondern erklärt mir ihren Gedanken dahinter.

»Na ja, normalerweise lernt man sich ken-nen, indem man mehr über den Alltag des anderen erfährt. Ich habe das Gefühl, mehr über Themen zu wissen, die dich im Inneren beschäftigen, weiß aber gar nicht, was du den ganzen Tag über gemacht hast.«

Ich lache herzhaft auf. »Eigentlich saß ich den ganzen Tag am Laptop. Ich weiß nicht, wie viel du von dem Ge-spräch gestern mitbekommen hast, aber ich habe mein Praktikum vorzeitig beendet, denn ich fand es ziemlich bescheiden.« Carrie sieht mich fragend, aber nicht ver-urteilend an. »Ich plane mit Finn seit längerer Zeit diese … Ich weiß nicht genau, welchen Oberbegriff ich am besten verwen-den soll.«

»Na, dann sag mir einfach, was ihr macht.«

Wieder grinse ich und suche nach den richti-gen Wor-ten. »Dir sagt True Crime sicherlich etwas, oder?« Car-rie nickt. »Wir möchten so was gestalten. Nur, dass wir keine Folge über einen bestimmten Fall machen, son-dern dass wir eine Art Staffel für jeden Fall bringen. Wir wollen uns mehr in die Geschehnisse, aber vor allem in die Menschen dahinter hineindenken. Wir wollen, dass die Menschen, die solchen Content schauen, nicht nur faszi-niert sind von den Abgründen der Mensch-heit, sondern etwas daraus mitnehmen. Vor allem etwas für ihr eigenes Leben. Sie sollen verstehen, dass jeder zu solchen Taten fähig ist, wenn man nur den richtigen Grund hat.«

»Siehst du das so?«

»Ja, ich denke schon. Und du?«

»Ich glaube, da habe ich mich auf psychologischer Ebene nie genug mit auseinanderge-setzt, um darüber ein Urteil fällen zu kön-nen.«

Ich muss kichern und küsse sie auf den Scheitel.

»Das hast du schlau gesagt!«

Sie boxt mich in die Seite, legt dann aber wieder ihren Kopf auf meine Schulter und kuschelt sich an mich.

»Ich fand meine Aussage auch schlau. Warum studierst du Journalismus, wenn dich Psychologie mehr interessiert?«

»Erst eine schlaue Aussage und jetzt auch noch eine schlaue Frage.« Ich schweige einen Moment, ehe ich weiterspreche. »Tatsächlich stelle ich sie mir nicht selten. Ich habe noch ein Jahr vor mir und überlege, ob ich nicht einfach ein Psychologiestudium anhänge.« Carrie nickt aufmunternd und ich kann gar nicht anders, als weiterzureden. »Ich glaube, ich habe mir erhofft, durch das Journalismus-studium da ranzukommen. Als Psychologe kann ich nicht über meine Fälle recherchieren. Wenn ich allerdings als Journalist mit Menschen rede, vertrauen Sie mir vielleicht mehr an als irgendeinem Psychologen, der nur versucht, sie in eine Schublade zu stecken.«

»Mit den Schubladen haben wir es beide nicht so, oder?«, fragt Carrie und ihre Stimme ist plötzlich ganz belegt. Mich überkommt ein schlechtes Gewissen. Wir haben so viel über mich geredet, aber über ihre Probleme so we-nig.

»Welche Schublade magst du am wenigsten?«

»Wenn Menschen für ihr Aussehen in eine gesteckt werden«, antwortet sie prompt.

Wir schweigen ein Moment und ich frage mich, ob Carrie das Thema betrifft. Ich habe das Gefühl, dass es ihr wirklich schwerfällt, darüber zu sprechen. Vielleicht liegt es auch nur daran, dass wir uns nicht kennen. Oder besser gesagt, kaum kennen. Ich suche nach den richtigen Worten, aber da setzt sie schon wieder an.

»In der Highschool wurde ich ziemlich ge-mobbt. Ich wurde immer wieder auf mein Gewicht angesprochen.«

Mit den Fingern streiche ich ihr durchs Haar.

»Ich wurde gefragt, ob ich das wirklich noch essen will. Immerhin war ich nach der Meinung anderer zu dick, aber wenn ich mich jetzt zurückerinnere, war ich normalgewichtig. Vielleicht ein bisschen speckig, aber ich war nie gefährlich dick.« Ihre Stimme zittert und ich frage mich, wie ich ihr helfen kann. Was ich sagen sollte, damit es ihr besser geht.

»Irgendwann habe ich aufgehört, in der Schule zu essen. Wenn ich nach Hause ge-kommen bin, habe ich alles nachgeholt. Das hat sich natürlich auf meine Figur ausgewirkt, und das hat denen in der Schule nur noch mehr Futter gegeben, um mich fertigzuma-chen. Irgendwann wurde es so schlimm, dass ich die Schule wechseln musste, aber das hat mir nur teilweise geholfen. Zu dem Zeitpunkt hatte ich schon ein gestörtes Selbstbild. Erst auf der Uni, und vor allem seit ich Faye ken-nengelernt habe, ist es besser geworden. Sie hat diese Wirkung auf Menschen, die einem Mut macht, ohne dass sie viel sagt oder macht. Wenn man sie sieht, hat man das Bedürfnis, das eigene Leben anzupacken und etwas draus zu machen. In meinem Fall war es Sport.«

»Ich bin stolz auf dich. Auch wenn wir uns nicht lange kennen, habe ich das Gefühl, dir sagen zu müssen, dass ich stolz auf dich bin. Sich dem zu stellen, schafft nicht jeder. Aber wie geht es dir heute damit? Isst du in der Öf-fentlichkeit?«, frage ich und mustere sie wachsam.

»Ich glaube, das ist mein größtes Manko. Vor Faye fällt mir das nicht mehr schwer. Vor dir würde das ganz anders aussehen. Wahrscheinlich würde ich extra wenig essen und auch nur, wenn es unbedingt sein muss. Das klingt vielleicht albern, aber ich komme von diesem Trauma nicht mehr weg. Meine Angst ist, dass du mich komisch anguckst oder jemand mein Leben verlässt, nur weil ich nicht gerade dünn bin und etwas esse. Und ja, das ist passiert.« Carrie spricht so leise, dass ich nicht nur Probleme habe, sie zu verstehen, sondern auch Angst, dass sie ganz verstummt. Denn dass sie diese Worte ausspricht, wird ihr auf lange Sicht sicherlich guttun. Sie kann stolz auf sich sein, dass sie sich getraut hat, mir davon zu erzählen.

»Ich bleibe dabei: Du solltest wahnsinnig stolz auf dich sein, Carrie! Ich bin dankbar, dass du mir das anvertraust, und hoffe ein-fach, dass dieses Aussprechen dir helfen wird, damit langfristig besser umzugehen.«

Carrie kuschelt sich an mich heran und mit einem Mal spüre ich, wie ihr Körper anfängt zu beben. Ein leises Schluchzen verlässt ihre Kehle und als ich mit dem Daumen über ihre Wange streiche, kullert eine Träne aus ihrem Augenwinkel. Wir liegen schweigend nebeneinander, Arm in Arm, und es gibt keine gro-ßen Worte, die irgendetwas bewirken können. Ich glaube, Carrie geht es darum, dass ich da bin. Und wenn sie sich bereit fühlt, bin ich bereit, mit ihr darüber zu reden.

Minuten, vielleicht sogar Stunden vergehen und ich bereue keine einzelne. Hier zu liegen, Carrie die Tränen wegzuwischen und ihr im-mer wieder sanft mit der Hand über den Rü-cken zu streicheln, ihr durch die Haare zu fahren oder ihr mit meinen Berührungen klarzumachen, dass sie nicht allein ist.

»Sorry«, murmelt Carrie, stützt sich hoch und schnappt sich ein Taschentuch von ihrem Nachttisch. Ich gewähre ihr den Moment, doch als sie fertig ist, umfasse ich ihr Gesicht und küsse sie sanft. Sie erwidert es und ich bin froh, dass wir so vergessen können, was um uns herum geschieht.

»Du musst dich nicht entschuldigen!«

Ich sage die Worte mit ziemlichem Nachdruck, hoffe aber, dass Carrie dadurch versteht.

»Ich bin dir dankbar, dass du mir deine Gefühle zeigst. Das ist nicht selbstverständlich.«

Carrie nickt, putzt sich erneut die Nase und küsst mich dann. Ein kurzer Kuss, aber er zeigt seine Wirkung.

Schließlich ruht ihr Kopf an meiner Schulter und ich überlege fieberhaft, wie ich ihr helfen kann. Kurz zögere ich, doch dann schnappe ich mir mein Handy vom Nachttisch und rich-te mich ein Stück auf.

»Was machst du?«, fragt Carrie.

»Ich öffne die App des Lieferservices«, ant-worte ich bemüht beiläufig. Ich will ihr nicht das Gefühl geben, dass das eine große Sache oder etwas Außergewöhnliches ist. Vielleicht kostet sie das eine Menge Mut, aber ich will ihr helfen, über ihren Schatten zu springen. Und wenn ich dafür Pizza zum Abendessen essen muss, nehme ich das gern in Kauf.

Carrie hält erst in der Bewegung inne, dann sieht sie mich erschrocken an. Sie löst sich aus meiner Berührung und die blanke Panik steht ihr ins Gesicht geschrieben. Ich spüre, wie mir die Gesichtszüge entgleiten und be-reue so-fort, was ich eben getan habe. Was bin ich für ein riesiges Arschloch …

»Also, nur wenn du möchtest. Ich will dich nicht überfordern, aber ich möchte dir gern die Angst nehmen.«

Ich sperre den Bildschirm und lasse das Handy aufs Bett fallen. Vorsichtig halte ich Carrie die Hand hin. Ich will sie zu nichts zwingen, aber wenn ich ihr anbiete, zu mir zu kommen, und sie das freiwillig macht, tue ich das nicht. Sie schaut mich skeptisch an, legt ihre Hand aber in meine und rutscht zu mir heran.

»Ich will dich nicht überfordern, Carrie. Wenn dir das zu schnell geht, ist das okay, aber bitte hab keine Angst, so vor mir zu sein, wie du bist, okay?« Sie nickt an meiner Schul-ter und ich gebe ihr einen Moment Zeit, um über das nachzudenken, was passiert ist. »Ich hätte dich nicht so früh überrumpeln sollen. Bitte entschuldige!«, platzt es aus mir heraus, dabei wollte ich ihr noch einen Moment ge-ben.

»Du trägst keine Schuld. Aber nicht heute, okay?«

Ich bin ein wenig geknickt, obwohl das völ-liger Blödsinn ist. Ich muss akzeptieren, dass Carries Trauma tiefer reicht, als ich gedacht habe, vielleicht tiefer, als sie sich das selbst eingestehen oder gar aussprechen kann. Aber ich bin mir sicher, dass der Tag kommen wird, an dem sie bereit ist und wir einander auf ei-ner weiteren Ebene nahekommen.

Kapitel 6

Carrie

Ich bereue es, keine Pizza bestellt zu haben. Dafür haben wir fast beide Weinflaschen getrunken und mein Kopf dröhnt, schlafen kann ich allerdings nicht. Er hingegen wunderbar.

Er liegt auf dem Rücken, ich habe mich an ihn gekuschelt und genieße die Wärme, die von ihm ausgeht. Das Gefühl seiner Haut an meiner und die Ruhe, die er in mir auslöst. Ich frage mich, was mich begleitet hätte, wenn ich zugestimmt, mir einen Ruck gegeben hätte, aber meine schiere Panik, lässt sich nicht einfach überwinden.

Aber jetzt fühlt sich nichts gut an. Ich fühle mich unwohl neben ihm, wie eine Versagerin. Wie jemand, der nur aus Feigheit und Mimi-mi besteht. So möchte ich nicht sein …

Bei dem Wunsch, allein zu sein, zucke ich ungläubig zusammen. Aber ich fühle mich doch wohl neben ihm, oder nicht? Ich mag ihn, seine Anwesenheit, dennoch habe ich in diesem Moment das Gefühl, dass ich Abstand brauche.

Vorsichtig klettere ich aus dem Bett, schnappe mir meinen Bademantel und den Laptop. In der Küche koche ich mir einen Tee und lasse mich schließlich an die Stelle fallen, an der ich am liebsten sitze, wenn ich nachdenken muss. Mein Rücken findet die kühlen Fliesen und meinen Kopf lehne ich an den Kühlschrank. Das Summen beruhigt mich ungemein. Ich klappe meinen Laptop auf und durchforste meine Mails. Von meinem Auftraggeber habe ich noch keine Antwort erhalten, was mich sauer macht. Er erwartet, dass ich schnell und gut arbeite, gibt mir aber nicht die nötigen Informationen, damit das mög-lich ist. Ich scrolle durch Instagram und Face-book, habe das Gefühl, irgendwo hinzumüssen, weiß aber nicht, wohin. Irgendetwas ma-chen zu müssen, damit es mir besser geht, aber ich weiß nicht, was. Diese Unruhe und das Unwohlsein nehmen kein Ende, weswe-gen ich zum ersten Mal etwas tue, was ich seit Jahren nicht gemacht habe: Ich öffne ein Worddokument und fange einfach an zu schreiben.

Am nächsten Morgen wache ich in meinem Bett auf. Ich kann mich nicht daran erinnern, dorthin gegangen zu sein. Das Letzte, was ich weiß, ist, dass ich mein Dokument in den Pa-pierkorb geschoben habe. Alles rauszuschrei-ben, hat auf eine komische Art und Weise ziemlich gutgetan. Es zu löschen und als okay abzustempeln. Aber noch mehr fühlt es sich richtig an, neben Robert aufzuwachen. Zu wissen, dass er da ist, ist ein gutes Gefühl, aber gleichzeitig ist dieses erste Kribbeln ver-flogen. Nach nur wenigen Tagen, gar Stunden. Das wiederum macht mir Angst. Habe ich mich in ihm getäuscht? Habe ich mich in die Illusion verliebt, jemanden kennenzuler-nen? Ich weiß nicht, was ich will, wie nah ich ihn haben will, aber ich weiß, dass ich nicht mit ihm schlafen will, wenn ich nichts fühle. Ich muss allein sein, verstehen, was in mir vorgeht und woher mein Unwohlsein kommt.

Deswegen schicke ich ihn nach Hause, unter dem Vorwand, dass ich heute etwas vorhätte, und rufe Faye unter Tränen an. Sie ist die Einzige, die mir helfen kann. Jedenfalls hoffe ich das.

Robert

Ich bin verwundert, ein wenig vor den Kopf gestoßen, aber ganz sicher zutiefst verwirrt. Schon nach meinem Vorschlag gestern ist irgendetwas zwischen uns zerbrochen. Sofort habe ich gemerkt, dass Carrie sich mir gegen-über geändert hat, und ich ärgere mich immer noch darüber, dass ich diesen dummen Vorschlag gemacht habe.

Eigentlich wollte ich den ganzen Tag an meinen Projekten arbeiten, endlich den Fall finden, der alle völlig von den Socken reißen wird. Deswegen habe ich den Vormittag über nach aktuellen Verbrechen in New York ge-sucht. Natürlich gibt es eine Menge, aber kei-nes hat es mir so vollends angetan, dass ich sagen konnte: Ja, das ist es. Damit möchte ich meine nächsten Monate verbringen und bin mir sicher, dass das auch andere Menschen so begeistern wird.

Am frühen Nachmittag stelle ich meinen Laptop beiseite. Ich lasse mich tiefer in die Sofakissen fallen und bin verwirrt. Ich habe das Bedürfnis zu schlafen, weiß aber hundert-prozentig, dass ich nicht einschlafen werde.

Mein Blick fällt auf den Bücherstapel auf dem Tisch. Die Bücher, die Carrie mir ausge-liehen hat, liegen dort und ich greife danach, ohne zu zögern. Ich wäge ab, mit welchem ich starten soll, schaue aber zuerst auf mein Han-dy.

Keine neuen Nachrichten. Ob ich ihr schrei-ben sollte, dass es mir leidtut und ich in Zukunft versuche, sie nicht unter Druck zu set-zen? Ich zögere nicht länger und schreibe ihr. Anschließend lege ich das Handy neben mich, schaue aber immer wieder drauf, in der Hoff-nung, dass sie antwortet, und lese Friedhof der Kuscheltiere.

Carrie

Meine Probleme kommen mir im Vergleich zu Roberts unbedeutend vor, trotzdem schaf-fe ich es nicht aus meiner Haut. Vielleicht hät-te ich mich trauen sollen, aber ich konnte nicht. Es ging nicht und diese Erkennt-nis tut weh.

Nachdem ich Faye eine Stunde lang vollge-heult habe, hat sie mich zum Sport gezwun-gen. Wir waren zwar nur eine halbe Stunde auf den Laufbändern, aber es hat besser getan als gedacht. Mein Kopf ist ein wenig klarer, aber einen Durchbruch habe ich noch nicht. Ich bin mir nicht sicher, ob ich Robert sehen oder meiden möchte. Auf seine Nachricht ha-be ich noch nicht reagiert, dabei sind schon knapp zwei Stunden vergangen. In der Zwi-schenzeit haben Faye und ich aus meiner Wohnung Sa-chen für die nächsten zwei Tage geholt, ehe wir zu ihr gelaufen sind. Wenig später liegen wir in Jogginghosen auf ihrem Sofa, schauen auf meinen Wunsch hin ES und um uns herum stehen lauter Schalen mit Obst und Ge-müse, Schokolade und verschiedenen Dips.

Ausnahmsweise sind unsere Laptops geschlossen und ich habe das Gefühl, dass doch alles ganz okay ist. Draußen wird es langsam dunkel, zu meinem Bedauern schneit es nicht mehr und ich frage mich zum ersten Mal in diesem Jahr, ob wir wohl weiße Weih-nachten haben werden.

»Ey!« Faye boxt mir gegen den Arm und ich zucke er-schrocken zusammen.

»Hm? Was?«

»Du guckst den Film ja gar nicht«, ruft sie und lacht.

»Ich habe an Weihnachten gedacht«, erkläre ich und versuche mich an einem Lächeln.

Gerade fällt es mir schwer.

»Freust du dich darauf, deine Familie wie-derzuse-hen?«

»Ja, ich glaube schon. Wird komisch sein, Mom und Dad zusammen zu sehen. Ich mei-ne, sie sind geschie-den, wie können sie so plötzlich wieder zusammen sein?« Ich schüttle irritiert den Kopf, dann lache ich. Andere Gedanken tun gut.

»Warum haben sie sich getrennt?«, fragt Fa-ye ehr-lich interessiert. Es kommt mir plötz-lich komisch vor, dass wir noch nie drüber gesprochen haben. Auch über ihre Familie weiß ich nur ein paar Details. Dass sie zwei große Brüder hat, ihre Eltern Schriftsteller sind und ihr immer raten, nicht zu schreiben, dabei hat sie schon zweimal die New York Times Bestsellerliste erklungen.

Sofort muss ich an Robert denken und frage mich, warum ich das Gefühl habe, einen Fremden besser zu kennen als meine beste Freundin.

»Weil sie viel gestritten haben«, antworte ich, zucke mit den Schultern und nippe an meinem Tee.

Plötzlich leuchtet der Bildschirm meines Handys auf, das auf dem Tisch liegt, doch an-statt es zu nehmen, schaue ich skeptisch hin.

»Ist es Robert?«, fragt Faye neugierig.

Ich zucke zum tausendsten Mal an diesem Tag mit den Schultern und greife nach mei-nem Handy. Der Bildschirm ist inzwischen wieder schwarz, doch als ich es hochhebe, leuchtet er auf. Als mein Handy mein Ge-sicht erkennt, entsperrt es die Nachricht, die tat-säch-lich von Robert ist.

Robert: *Ich habe Friedhof der Kuscheltiere durch :)*

Ich drehe Faye den Bildschirm zu und bin unsicher, was ich von der Nachricht halten soll. Kann man das so schnell? Wann hat er angefangen zu lesen? Das Buch ist nicht gerade dünn, bei Kings Schreibstil ist es allerdings nicht unmöglich. Immerhin ist es bald neun Uhr abends.

»Und was antwortest du?«

»Ich weiß ehrlich gesagt nicht, ob ich ant-worten will.«

»Aber du warst doch so begeistert.« Faye sieht mich besorgt an und in mir keimt die Frage auf, ob das nur eine fiese Illusion war.

»Ich glaube, mir ging das einfach zu schnell. Ich meine, ich habe ihn einfach mit in meine Wohnung genommen, wir haben uns persönliche Dinge erzählt und ich habe wirklich das Gefühl, ihn zu kennen, aber ... irgendetwas fehlt«, sage ich und merke, dass ich endlich diesem komischen Gefühl in meiner Brust auf die Schliche komme.

»Hm«, macht Faye, und sieht angestrengt zum Fernseher. »Vielleicht solltet ihr einfach einen Schritt zurückgehen. Geht auf ein Date, lernt euch so kennen, wie es sich für dich richtig anfühlt. Ich glaube, das könnte helfen.«

Angestrengt denke ich über ihre Worte nach. Recht hat sie ja, aber was sollen wir machen? Wo sollen wir hin und wird es sich dann anders anfühlen? Würde es sich anders anfühlen, wenn ich nicht so wäre, wie ich bin? Mir wird bewusst, dass ich das nur herausbekomme, wenn ich mich dem stelle. Wenn ich ihn drauf anspreche, wie es für uns funktionieren kann. Ja, ich will das herausfinden! Nur wie stelle ich das am besten an?

Robert

»Das hast du nicht ernsthaft gemacht, oder, Mann?« Finn starrt mich völlig entgeistert an. Als hätte ich ihm gerade erzählt, dass ich Sarah gesehen habe.

»Ich wusste es nicht besser! Ich weiß, es war kacke,

aber … Ich habe gehofft, dass wir wei-ter zusammen-rücken, wenn ich zeige, dass mir das nichts ausmacht.«

Finn schüttelt den Kopf und das schlechte Gewissen, das an mir nagt, verschlimmert sich um ein Vielfaches.

»Ich glaube, dass man das nicht so pauscha-lisieren kann. Ihr kennt euch seit ein paar Ta-gen, und wenn sie so reagiert hat, ist es nichts, was sie abstellen kann. Dann geht es ihr wirk-lich schlecht und du solltest das respektieren. Wenn sie so weit ist, wird sie auf dich zu-kommen, so lange hältst du gefälligst die Füße still!« Finn sagt diese Worte mit solchem Nachdruck, dass er mir beinahe Angst macht. Er redet mir ins Gewissen, sodass ich endlich begreife, was für einen Riesenfehler ich begangen habe. Wie mache ich den wieder gut?

Dass Carrie sich nicht bei mir meldet, ist ei-gentlich kein Wunder. Ich muss sie ziemlich verschreckt haben, sie wird wohl nicht um-sonst mitten in der Nacht auf-gestanden sein. Aber heute Morgen habe ich mich ein-fach nicht getraut, zu fragen, was los war. Ich wusste nicht, wie sie reagieren würde, und wenn sie Zeit für sich gebraucht hat, will ich ihr die geben. Die würde ich ihr immer geben …

»Und auf deine Nachrichten hat sie noch nicht re-agiert? Ich bin nicht sicher, was besser ist. Wenn du sie in Ruhe lässt oder noch mal auf sie zugehst. Bis mor-gen würde ich ihr al-lerdings Zeit geben«, rät Finn mir und ich bin ihm so dankbar wie schon lange nicht mehr. Wieder habe ich das Gefühl, dass er mein einziger Ver-bündeter ist. Der Einzige, der die Wahrheit kennt. Mei-ne Persönlichkeit und meine Geschichte.

»Ja, vielleicht sollte ich das tun.«

Wir sitzen noch eine Weile in meinem Wohnzimmer, trinken und reden das erste Mal seit Tagen über unser Projekt. Am häu-figsten schwirrt mir die Frage im Kopf umher, ob wir uns zu viel vorgenommen haben. Natürlich könnte ich in die Mordabteilung einer Stadtzeitung gehen oder bei einem On-linemagazin in diesem Bereich mitwirken, aber ich habe das Gefühl, dass nur etwas Ei-genes mich wirklich glücklich macht. Viel-leicht müssen wir uns für den Anfang breiter auf-stellen. Mehr an dunkle Sachen halten und mehr zum Leben eines Verbrechers auf-bereiten.

Mein Handy vibriert in meiner Hosentasche und automatisch gehe ich davon aus, dass es irgendein Gruppenchat ist. Keine an mich persönlich gerichtete Nachricht, dennoch ist da diese leise Hoffnung, dass Carrie sich mel-det. Widerwillig ziehe ich das Handy hervor, und als ich den Bildschirm zu mir drehe, leuchtet er auf. Bei ihrem Namen fängt mein Herz wild zu schlagen an.

Carrie: *Sorry, dass ich den ganzen Tag nicht geantwortet habe. :) Ich muss gestehen, dass ich ein bisschen verwirrt bin. Wollen wir nächstes Wochenende auf den Weihnachts-markt gehen?*

Ich habe das Gefühl, dass mein Herz gleich aus meiner Brust springt. Heißt das, sie will mich so schnell nicht wiedersehen? Will sie ihre Ruhe haben? Hat sie die nächste Woche über viel vor? Ich weiß, dass ich auf keine Antwort komme, aber meine Gedanken hören nicht auf zu kreisen.

»Ist es sehr schlecht?«, fragt Finn und lacht. Ohne etwas zu erwidern, reiche ich ihm das Handy und warte gespannt seine Reaktion ab. »Ich glaube, sie will dich kennenlernen, aber ihr ist alles zu schnell gegangen.«

Ich bin mal wieder verblüfft, wie schnell Finn die Situation erkannt hat. Ich bin zu dicht dran, ja, wahrscheinlich hat er recht, aber ich würde sie am liebsten sofort wieder-sehen.

»Meinst du, alles wäre anders gelaufen, wenn es dieses Missgeschick gestern nicht ge-geben hätte?«

Finn schweigt einen Moment, beißt sich auf die Unterlippe und schüttelt dann den Kopf. »Wenn ich sie richtig einschätze, geht es eher darum, dass prinzipiell etwas zu schnell gelaufen ist. Ich meine, ich kenne sie nicht, aber mit Dating habe ich meine Erfahrung.« Immer, wenn er so was sagt, muss ich an Sarah denken und daran, wie traurig sie wäre, wenn er jemand anderes kennenlernen würde.

»Ich bin deutlich älter als du – okay, fünf Jahre –, aber ich glaube, du solltest ihr Zeit geben. Vielleicht ist sie niemand, der sich so schnell auf andere Menschen einlassen kann und hat es nur aus der Situation heraus gemacht. Ich denke, das hat wenig mit dir zu tun, auch wenn das immer mies klingt.«

Ich nippe an meinem Bier und kann nur ni-cken. Vermutlich hat er recht. Ich sollte ihr die Zeit geben und meine sinnvoll nutzen, um endlich einen Fall für uns zu finden. Also tippe ich eine Antwort, und obwohl ich im ersten Moment traurig war, dass wir uns so schnell nicht wiedersehen werden, freue ich mich schon, sie in sieben Tagen zu treffen. Plötzlich kommt mir diese Hürde gar nicht mehr so schlimm vor.

Kapitel 7

Carrie

Ich komme mit dem Buch erstaunlich gut vo-ran. Ich habe das Gefühl, durch das nächtliche Schreiben eine Barriere überschritten zu ha-ben. Die Themen mit Abstand zu behandeln, hilft mir herauszufinden, was für meinen Roman wichtig ist. Was die Kernaussage dahinter sein soll. Während ich also versuche, das Wissen aus meinem eigenen Leben und lauter Dokumentationen und Blogs in einem strukturierten und hoffentlich hilfreichen Text zu vereinen, plotte ich an dem Roman. Es wird ein Liebesroman werden, vielleicht vierhundert Normseiten lang, und ich hoffe inständig, dass ich die Gefühle meiner Prota-gonisten so verpacken kann, dass sie etwas in den Lesern auslösen, wenn überhaupt jemand diese Geschichte liest. Aber ich sollte nicht so negativ an die Sache herangehen. Vielleicht finde ich einen Verlag oder eine Möglichkeit, es selbst herauszubrin-gen. Natürlich wird das eine Menge Geld kosten, aber wenn ich mich gut anstelle, hat mein jetziger Auftraggeber schon zugesichert, dass ich auch weitere übernehmen kann. Obwohl mich das viele Nerven kosten wird, immerhin funktioniert die Kommunikation schleppend. Aber daran werde ich mich gewöhnen.

Als es an der Tür klingelt, zucke ich zusammen. Ist es schon so spät?

Ich schäle mich aus meiner Wolldecke, ziehe meine Puschen an und renne hinunter, um Faye die Tür zu öffnen. Sie strahlt mich an, umarmt mich herzlich und ich frage mich, was in sie gefahren ist.

Als sie mich loslässt, lehne ich mich zurück und mustere meine Freundin.

»Was ist in dich gefahren?«, frage ich amüsiert und grinse sie an.

»Nichts«, sagt sie schulterzuckend und deu-tet mit dem Kinn zur Eingangstür. Es ärgert mich manchmal, dass sie mich so wenig an ihrem Leben teilhaben lässt.

Wir gehen hinein, machen es uns auf dem Boden ge-mütlich und sofort habe ich das Bild vor Augen, wie Robert und ich vergangenen Freitag hier saßen. Auf eine Art wünsche ich mir, mehr von ihm zu hören, gleichzeitig ge-nieße ich diese fröhliche Aufregung, ihn erst am Wochenende zu sehen. Diese Nervosität vor dem ersten Date, nur mit dem Vorteil, dass ich schon weiß, dass wir uns verstehen. Jedenfalls hoffe ich das. Was, wenn wir im echten Leben nicht harmonieren?

Ich verdränge die Frage, mache im nächsten Moment aber Platz für die folgende. Muss ich ihm sagen, wie ich mich gefühlt habe? Oder soll ich schauen, wie es passt, ohne Gefühle ins Spiel zu bringen?

Faye und ich arbeiten den ganzen Tag fleißig, trin-ken Tee und lachen. Sie sitzt immer wieder grinsend an ihrem Handy, tippt und wenige Sekunden später höre ich, wie sie eine neue Nachricht bekommt.

»Du bist verliebt!«, höre ich mich sagen. Schriller und fröhlicher als erwartet. Die Erkenntnis mach mich selbst so glücklich, dass ich nicht recht damit umzuge-hen weiß.

Faye wird rot. Knallrot. Das habe ich noch nie gese-hen!

»Also verliebt würde ich das nicht nennen … Ich mag ihn. Vielleicht mehr als gewöhnlich und alle anderen, aber …«

»Du bist verliebt! Richtig verliebt!« Ich ki-chere und juble wie ein kleines Mädchen am Weihnachtsmorgen.

»Pscht«, macht Faye nur und grinst in sich hinein.

»Ich will alles über ihn wissen!«

»Er heißt Finn, ich glaube aber nicht, dass das sein echter Name ist. Ich habe ihn über eine Dating-App kennengelernt und mich als Mila eingetragen.« Sie schmunzelt und ich schaue sie ein wenig erschrocken an.

»Ich wusste gar nicht, dass du nicht unter deinem richtigen Namen verkehrst«, stelle ich schmunzelnd fest und frage mich erneut, wa-rum mir solche Details aus dem Leben meiner besten Freundin fehlen.

»Ich habe damit aufgehört, als irgendwelche Kerle angefangen haben, mir nachzustellen. Meine Eltern stehen in gewisser Weise in der Öffentlichkeit, und als sie durch die sozialen Medien darauf aufmerksam gewor-den sind, ist es ganz oft eskaliert.«

Erschrocken sehe ich sie an und frage mich erneut, warum ich davon nichts weiß. Mit ei-nem Mal fange ich noch mehr an, unserer Freundschaft zu zweifeln. Ich verstehe ein-fach nicht, warum sie solch wichtige Din-ge einfach nie erwähnt. »Inwiefern eskaliert?«, frage ich und kann die Panik in meiner Stim-me nicht verbergen.

»Na ja, es gingen Details an die Presse. Zum Glück wurde daraus keine große Nummer, aber meinen El-tern war das unangenehm. Ich meine, wenn man für seine Werke ernstge-nommen werden will, ist so ein Dating-Skandal der Tochter nicht förderlich.«

Fayes Worte erschrecken mich. Ich habe immer ge-dacht, dass ihre Eltern coole Kreati-ve sind, aber nicht so. Dass sie auf die Öffent-lichkeit scheißen, aber das klingt ja ganz und gar nicht danach. Oder ihre Reaktion liegt daran, dass nicht sie im Mittelpunkt stehen, son-dern ihre Tochter.

»Das wusste ich gar nicht … Ich habe immer gedacht, ihr habt ein gutes Verhältnis.« Die Banalität meiner Wor-te wird mir bewusst und im nächsten Moment ärgere ich mich darüber. Gerade ich sollte wissen, wie blöd ist es, so stumpf auf Dinge angesprochen zu werden, die einem nahe gehen.

»Ach«, sagt Faye und macht eine abwehren-de Handbewegung. »Sie sind, wie sie sind, so waren sie immer und so werden sie auch im-mer sein. Ich glaube aber immer noch, dass ich …« Sie verstummt und mit einem Mal fängt mein Herz wild an zu schlagen.

Was passiert hier? Ich habe das Gefühl, dass wir das ehrlichste und tiefgründigste Ge-spräch seit Ewigkeiten führen. Ich weiß nicht, was die Situation mit Robert mit mir gemacht hat. Ich fühle mich verändert, als hätten sich meine Ansprüche in eine mir unbekannte Richtung verschoben. Ich weiß nicht, was ich davon halten soll und auch nicht, wie sich das auf meine Freundschaften auswirkt. Ist so was überhaupt möglich? Kann man ei-nen Men-schen, den man erst seit ein paar Tagen kennt, besser kennen als jemanden, den man beinahe täglich sieht?

Meine Gedanken machen mich traurig. Sie lassen mein Herz sich schmerzhaft zusam-menziehen und ein flaues Gefühl breitet sich in meinem Magenhöhle aus. Ich frage mich, ob ich ewig in falschen Erwartungen ge-lebt habe, ob das, was ich gerade fühle, falsch ist. Faye und ich sind … unzertrennlich? Ein Herz und eine See-le? Eins? Jedenfalls habe ich das immer gedacht. Doch jetzt habe ich das Ge-fühl, dass irgendetwas fehlt.

»Was glaubst du?«, frage ich und klinge bar-scher als beabsichtigt.

»Carrie …« Faye sieht mich mitleidig an und ich habe endgültig das Gefühl, nicht mehr zu wissen, was hier abgeht. »Ich wollte dir das schon so lange sagen … aber … Finn hat mir Mut gemacht. Es ist wohl an der Zeit … Weißt du, ich …«

Sie ist so nervös und durcheinander, wie ich sie noch nie erlebt habe.

Ich habe nicht mehr das Gefühl, dass meine beste Freundin vor mir sitzt, sondern jemand Fremdes. Das fühlt sich verdammt falsch an.

»Ich wusste nie, wie ich dir das sagen soll. Meine beiden Bücher, die auf der New York Times Bestsellerliste gelandet sind, die sind nicht von mir.«

Für ein Moment bleibt mein Herz stehen, dann fängt es nur noch heftiger an zu schla-gen. »Wie, die sind nicht von dir?«

Faye stehen Tränen in den Augen. Ihre Wangen glühen und ich meine, kalten Schweiß auf ihrer Stirn glänzen zu sehen. »Ich schreibe keine kitschigen Liebesromane. Ich lese nicht mal welche. All das ist eine große Lüge, inszeniert von meinen Eltern. Sie mein-ten, wenn sie das Bild einer schreibenden Fa-milie aufrechterhalten können, können sie … ehrlich gesagt, kann ich es dir nicht erklären. Vielleicht denken sie, so mehr Macht über die Branche zu halten, vielleicht nutzen Sie es als Marketingstrategie. Sie schreiben meinen Namen drauf, manchmal gebe ich Interviews, allerdings nur mit vor-gefertigten Fragen und Antworten. Mein Instagram-Account gehört quasi ihnen. Jedes geschriebene Wort stammt von meiner Mutter. Es steht nur mein Name drauf, mein Bild klebt drin und ich erhalte ein Drittel des Honorars. Meine Eltern finanzie-ren mir die Woh-nung, mein hübsches Auto und kümmern sich darum, dass ich ein sor-genfreies Leben habe und ihre Karriere stetig voranschreitet.«

Dicke Tränen kullern meine Wangen hinun-ter. Meine Lippen beben, und als ich ausatme, habe ich das Ge-fühl, am ganzen Körper zu zittern.

Was Faye mir gerade erzählt, kommt mir unwirklich vor.

Und gleichzeitig könnte es die Realität sein.

Ich habe ihre Eltern in den letzten Jahren nie getroffen, nur selten hat sie ein Wort über sie verloren, und ich habe sie nie danach gefragt. Nie …

Wie konnte ich das nicht machen? Denn jetzt, da ich es weiß, ist es so offensichtlich. Auch wenn ich mich nicht als richtige Autorin bezeichnen würde, ist da immer diese Angst, wenn ich irgendetwas abgebe. Faye hingegen ist vor jeder Abgabe fröhlich wie sonst nie. Die Zeit bis zum Erscheinungstermin ist die beste. Aber jetzt, da ich darüber nachdenke, wird sie danach immer still. Wenn die Inter-views anfangen, wenn die Nachfragen stei-gen. Um ihre Person und die Projekte, die nicht ihre sind.

Ich merke, wie der Kloß in meinem Hals di-cker wird. Warum hat sie nie davon erzählt? Bin ich nicht ihre beste Freundin?

»Warum hast du mir nie etwas davon er-zählt? In den letzten drei Jahren konntest du keinen Ton sagen und jetzt kommt irgendein Kerl um die Ecke und ihm vertraust du dich einfach an?« Ich sehe, wie sehr Faye schlucken muss. Ihre Wangen werden noch dunkler, auch wenn ich das nie für möglich gehalten hätte. »Ich darf nicht drüber reden … Ich habe einen Vertrag unterschrieben.«

»Denkst du ernsthaft, dass ich auch nur ei-nen Mucks gesagt hätte und deine Geheimnis-se nicht sicher bei mir sind?« Wut steigt in mir auf. Rasend und ungehemmt.

Faye schaut nur zu Boden. Ich weiß nicht, ob ihr die Situation peinlich ist oder ob sie nicht weiß, wie sie damit umgehen soll, aber sie spricht nicht. Auch jetzt nicht, da alles raus ist und wir endlich einen gemeinsamen Nenner finden könnten. Ich erwarte nicht, dass sie sich entschuldigt, aber dass sie endlich die Wahrheit sagt.

»Warum redest du jetzt nicht mit mir?«

»Ich wusste dich anfangs nicht einzuschät-zen. Ich wusste nicht, ob du wirklich meine Freundin sein willst oder scharf drauf bist, Teil meiner Welt zu werden.« Ihre Stimme bebt, sie fängt immer heftiger an zu schluch-zen, aber ihre Trauer kann ich mit einem Mal nicht mehr nachvollziehen.

»Du bist so besessen von dieser scheiß Lite-raturwelt. Alles dreht sich für dich um die Bü-cher, die du liest, aber nicht schreibst. Weißt du, als ich dieses Studium für meine Eltern begonnen habe, um den Schein zu wahren, wusste ich, dass der Nachname meiner Eltern bekannt ist. Jeder weiß, wer sie sind. Ein Buch meiner Mutter wurde nicht gerade selten in verschiedenen Vorlesungen durchge-nommen, und ich habe nicht ge-glaubt, dass ich irgendwann jemanden treffen könnte, der mich hinter dem Namen sieht. In dir habe ich das, aber als ich das erkannt habe, war es zu spät. Ich hat-te immer das Gefühl, egal wann ich mit der Wahrheit rausrücke, du würdest gehen wie all die anderen.«

Fassungslos lasse ich die Luft entweichen. Ihre Worte tun weh und gleichzeitig habe ich das Gefühl, sie gar nicht richtig greifen zu können.

Meine Tränen sind versiegt, aber in meinem Kopf dre-hen sich alle Gedanken nur noch schneller. Ich kann es nicht verstehen. Kann es einfach nicht verstehen. Ich zweifle an mir, an unserer Freundschaft, an meinem Verhalten und an der Echtheit dieser Situation.

»Ich glaube, du solltest gehen ...«, höre ich mich flüs-tern.

Einen Moment schaut Faye mich panisch an, doch dann tritt ein Ausdruck auf ihr Gesicht, den ich nie ge-sehen habe. Sie sieht so mitge-nommen aus, dass ich am liebsten aufstehen würde, um sie zu umarmen. Ich würde gern für sie da sein, aber dass meine beste Freun-din mir jahrelang eine Lüge über ihr Leben aufge-tischt hat, ist einfach nicht zu verkraf-ten. Sie nickt, schaut zu Boden und ich sehe, wie sich eine dicke Träne aus ihrem Augen-winkel löst und auf den Teppich tropft. Sie steht auf und ich will es ihr gleichtun. Sie sieht mich an, ver-sucht sich an einem Lächeln, und am liebsten würde ich aufspringen und sie daran hindern zu gehen, aber ich weiß, dass es das Beste ist.

Für uns beide.

Sie muss gehen …

Robert

Irgendetwas klingelt. Der Regen trommelt heftig gegen meine Fensterscheibe. Es ist stockdunkel und ich habe das Gefühl, gar nicht richtig da zu sein. Erst denke ich, mein Wecker klingelt, aber nachdem ich draufge-hau-en habe, werden die Geräusche nicht lei-ser. Mühsam stemme ich mich auf, suche nach einer Erklärung und finde sie schließlich auf meinem hell leuchtenden Han-dybildschirm.

Warum habe ich das nicht mitbekommen und wer stört mich mitten in der Nacht? Ner-vös greife ich da-nach, doch als ich es mit halb geschlossenen Augen er-wische, ist der Anruf verstummt. »Fuck«, murmle ich mit belegter Stimme. Das kann nicht wahr sein! Den-noch schaue ich auf den Bildschirm und stelle fest, dass es sich um Carrie gehandelt hat. Ich reibe mir über die Augen, versuche, die schwarzen Punkte, die in meinem Blickfeld tanzen, los-zuwerden. Ich will einigermaßen klar sehen, und stelle erneut fest, dass sie es war. Mein Verstand hat mich nicht getrogen.

Ich zucke zusammen, als mein Handy wie-der an-fängt zu vibrieren. Irritiert gehe ich dran, brumme zur Begrüßung.

Schluchzen.

Mit einem Mal sitze ich kerzen-gerade im Bett.

»Carrie?« Ich reibe mir über die Augen, um die letzte Müdigkeit, die meinen Verstand verschleiert, auszulöschen. Ich weiß nicht, was ich davon halten soll, habe keine Ahnung, was passiert sein könnte, aber ich freue mich, dass sie sich an mich wendet, wenn es ihr schlecht geht.

»Robert?«, lallt Carrie. Hat sie getrunken? Ist sie allein? »Wo bist du?«

»Zu Hause. Alles okay bei dir? Kann ich et-was für dich tun?«

»Kann ich zu dir kommen?« Ihre Frage überrascht mich. Ich hatte das Gefühl, sie braucht Abstand, aber jetzt zögere ich nicht und sage sofort zu. Während unseres Ge-sprächs merke ich immer mehr, wie sehr sie lallt, weswegen ich mich anziehe, zu ihr fahre und erschrocken feststelle, in was für einem Zustand sie sich befindet.

Um mir die Tür zu öffnen, braucht sie deut-lich länger als sonst. Ich bin nicht sicher, wa-rum sie unbedingt aus ihrer Wohnung raus will, aber ich werde erst mit dir reden, wenn sie nüchtern und bereit dazu ist. Ich will nicht wieder riskieren, dass ich Carrie in eine Ecke dränge, in der sie nicht sein will, und sie das Vertrauen zu mir verliert.

Als wir endlich bei mir ankommen, schwankt sie ziemlich. Doch das ignoriere ich, denn die roten Flecken in ihrem Gesicht vom Weinen beschäftigen mich mehr.

Wir kommen nur schleppend voran, Carrie hält sich immer wieder die Schläfe und die Sorge in mir wächst stetig. Ich fühle mich so nervös, sogar ein wenig ver-zweifelt, gleich-zeitig weiß ich, dass das Beste, was ich ma-chen kann, ist, einfach für sie da zu sein.

Am nächsten Morgen schläft Carrie ziemlich lang. Auf ihrem Handy treffen immer wieder neue Nachrichten ein und meine Sorge steigt ins Unermessliche. Ich möchte so gern wissen, was passiert ist, was sie dazu gebracht hat, mich anzurufen, aber ich weiß nicht, wie ich bei Carrie ansetze, damit sie mir das an-ver-traut. Kurz bin ich nah dran, Finn zu schreiben, was ich ma-chen soll, aber einmal will ich in meinem Leben etwas richtig ma-chen. Richtig mit Menschen umgehen, weil es sich für mich richtig anfühlt. Es einmal allein schaf-fen …

Als Carrie langsam zu sich kommt, habe ich bereits eine Wasserflasche und Aspirin auf den Nachttisch ge-legt. Auch wenn ich nicht davon ausgehe, dass sie Hun-ger hat, habe ich bereits Bagel gemacht und Kaffee und Tee vorbereitet.

Carrie grummelt vor sich hin und hält sich den Kopf. Langsam öffnet sie die Lider, schaut sich verwirrt um und schnellt hoch. Mit weit aufgerissenen Augen starrt sie mich an. Kann sie sich nicht mehr erinnern, mich an-gerufen zu haben?

»Morgen. Nein, wir haben nicht in einem Bett geschla-fen. Hier«, sage ich und hoffe, sie ein wenig beruhigen zu können. Ich reiche ihr die aufgedrehte Wasserflasche und die Aspi-rin und sie nimmt sie dankend entgegen.

»Wie bin ich hergekommen?« Als sie anfängt zu spre-chen, erwische ich mich bei einem zarten Lächeln, doch bei der Ver-zweiflung in ihrer Stimme empfinde ich nichts als Mitleid. Sie weiß wirklich nicht, was passiert ist. Ich versuche, ihr die Situation zu erklären. Ihr das Gefühl zu geben, dass es okay ist und sie sich dafür nicht schämen braucht.

Carrie nippt immer wieder an dem Wasser und ich bekomme das Gefühl, dass sie lang-sam zu sich kommt. »Hast du eine Zahnbürste für mich? Und ein Hand-tuch? Also … Ich hoffe, es ist okay, wenn ich kurz ins Bad verschwinde. Ich fühle mich, als hätte mich ein

Laster überfahren.«

Anstatt Carrie zu antworten, stehe ich auf und reiche ihr meine Hand. Es dauert länger als erwartet, bis ich ihr aus dem Bett geholfen habe und wir auf wackligen Beinen ins Bade-zimmer gehen. Dort gebe ich ihr zwei Hand-tücher und eine neue Zahnbürste, ebenso wie meine Zahnpasta. Ich bitte sie, sofort zu schreien, wenn sie merkt, dass ihr schwindlig wird. Sie hält sich ein Moment am Waschbe-cken fest und ich renne zurück in mein Schlafzimmer, um dort frische Kleidung zu holen. Ich hole eine Boxershorts, ein riesiges T-Shirt und eine Jogginghose heraus und lege sie im Badezimmer auf die kleine Bank, ne-ben ihr Handtuch. Anschließend ziehe ich die Tür zu und lasse mich an der Wand hinun-ter-rutschen, nur um schnell zur Stelle sein zu können, wenn ich merke, dass irgendetwas nicht stimmt.

Ich habe damit gerechnet, dass Carrie länger brau-chen wird, weil die Welt sich noch etwas zu schnell für sie dreht, dennoch kommt mir die Zeit, in der ich hier sitze, ewig vor. In dem Moment, in dem ich höre, dass sie das Wasser ausstellt, stehe ich auf und gehe in die Küche. Wenn sie jetzt hinfällt, höre ich sie deutlicher, weswegen ich mich an den Tisch setze und die Tages-zeitung aufschlage. Ich will nicht, dass sie denkt, dass ich vor der Tür sitze, um zu spannen. Wenn sie fertig ist, wird sie schon rauskommen.

Ich bin immer noch auf der Suche nach dem Fall. Einem, dem vielleicht nur ein kleiner Artikel am Rand gewidmet wird und der erst sein volles Potenzial aus-schöpfen muss. Ich möchte an etwas glauben und dar-aus die Möglichkeit ziehen, endlich den Grundstein für meine Zukunft zu legen. Nur ist auch die-ses Mal nichts dabei.

Als mein Kaffee fertig ist, stelle ich eine weitere Tas-se unter die Maschine und drücke auf Latte Macchiato.

Ich weiß, dass Carrie den am liebsten trinkt, auch wenn ich keinen le-ckeren Sirup habe, um ihn zu verfeinern. Ge-rade als ich die letzte Seite der Zeitung durch-forste, geht die Badezimmertür auf. Kurze Zeit später wird sie wieder geschlossen und leise Schritte erklingen im Flur. Die Kü-che liegt auf dem Weg ins Schlafzimmer und ich frage mich, ob Carrie mich entdeckt oder am liebsten direkt wieder ins Bett möchte. Also stehe ich auf und will auf den Flur hinausge-hen, da macht sie in der Tür halt. Die Jog-ginghose bedeckt ihre Füße, ist so groß, dass ihre Beine sich nicht darin abzeichnen, und schleift auf dem Boden. Das T-Shirt reicht ihr fast bis zu den Knien und abgesehen von ih-ren Brüsten zeichnet sich auch darunter nichts von ihrem Körper ab. Ohne mich anzusehen, setzt Carrie sich zu mir an den Tisch.

»Es tut mir leid … Mir ist das Ganze so pein-lich«, sagt sie und wird rot. Sie schaut mich nicht an, pult an ihren Fingern herum und starrt resigniert auf den Latte Macchiato.

»Ich bin froh, dass du hier bist. Ich muss ge-stehen, dass ich mir ein wenig Sorgen um dich mache.«

Carrie antwortet nicht.

Draußen fängt es an zu schneien. Morgen ist der zweite Advent und ich habe das Gefühl, dass dieses Jahr alles anders ist.

Carrie hat ihren Latte getrunken. Sie war so müde und ich so verwirrt darüber, dass sie mir immer noch nichts erzählt hat, dass wir beschlossen haben, uns wie-der ins Bett zu le-gen. Wir haben Friedhof der Kuschel-tiere ge-schaut. Erst den von 1989, dann den von 2019. Ich bin nicht sicher, welcher mir besser ge-fällt, aber ich weiß, dass ich das Gefühl genieße, wenn Carrie in mei-nen Arm liegt. Wir haben kein Wort darüber verloren, dass wir morgen zum Weihnachtsmarkt wollen.

Ob das noch steht? Ob sie heute Nacht hierbleibt?

Inzwischen ist es kurz nach drei, Carrie schläft, aber ich fühle mich so lebendig wie noch nie. Ich sehe ein, dass ich wirklich rein-hauen muss, wenn ich dieses Jahr noch mit meiner Recherchearbeit anfangen möchte. Spätestens Mitte Januar wollen wir damit starten, alles über unseren Fall zu verbreiten. Wir müssen herausfinden, wie wir das am besten aufbauen, wie wir alles gestalten, was funktioniert und was nicht. Ich weiß nicht, ob meine Idee gelingt. Davon zu leben, nur über Mordfälle zu berichten – ausführlich, intensiv und voller Leidenschaft. Vielleicht sollten wir warten, unsere Informationen zu teilen. An-fangen, über geklärte Verbrechen Themen-wochen zu veranstalten, und irgendwann, wenn der richtige Fall kommt, damit begin-nen, bei Neuigkeiten Videos oder einen Blog-beitrag hochzuladen. Aber ob das reicht? Die Frage quält mich, meine Gedanken ebenso.

Irgendwann döse ich ein, doch als ich wach werde, ist Carrie verschwunden. Erschrocken schaue ich mich im Zimmer um, entdecke sie aber nirgends. Sofort schäle ich mich aus der Bettdecke und stürme aus dem Zimmer. Sie ist doch nicht einfach abgehauen? Mein Herz schlägt wie verrückt, doch als ich an der Kü-che vorbeilaufe, beruhigt es sich schlagartig. Ein dumpfes Seufzen entfährt mir, als ich Carrie am Küchentisch sitzen sehe. Sie trägt noch meine Kleidung. Auf dem Tisch vor ihr liegt ihr Handy. Sie hat die Hände in den Haaren vergraben und merkt gar nicht, dass ich sie anschaue.

»Ist alles okay?«, frage ich erstickt und halte mich am Türrahmen fest.

Mein Brustkorb hebt und senkt sich schnell und ich habe das Gefühl, zu ersticken. Aber vielleicht bekomme ich endlich eine Antwort, weshalb sie letzte Nacht angerufen hat.

Erschrocken sieht sie auf. Ihre Augen sind glasig, dunkle Ringe darunter lassen ihr Er-scheinungsbild unglaublich müde und kaputt wirken.

»Sorry … Ich wollte dich nicht wecken.«

Ein müdes Lächeln umspielt meine Lippen und ich gehe auf sie zu. Ich lasse mich auf den Stuhl ihr gegenüber fallen und sehe gerade noch, wie sie schnell ihr Handy sperrt.

»Möchtest du auch einen Kaffee? Soll ich dich nach Hause bringen? Kann ich irgendet-was für dich tun?«, frage ich und hoffe, sie nicht zu erschrecken. Ich will sie nicht wieder überrumpeln oder zu viel von ihr verlangen, wenn sie nicht bereit ist.

»Kaffee klingt gut«, sagt sie und das Lächeln erreicht zum ersten Mal ihre Augen.

»Du hättest dich auch selbst bedienen dür-fen. Fühl dich wie zu Hause«, sage ich und stehe wieder auf.

Ich mache erst einen Latte für Carrie, an-schließend einen Schwarzen für mich. Mit beiden Tassen setze ich mich zurück an den Tisch. Passend dazu knurrt in dem Moment mein Magen. Erst jetzt wird mir bewusst, dass wir den ganzen Tag noch nichts gegessen ha-ben. Ich schiele zu Carrie hinüber und frage mich, ob sie genauso Hunger hat. Ich habe Angst, sie zu fragen, ob wir etwas kochen wollen. Ob wir etwas bestellen wollen. Aber ich kann nicht weiter verantworten, dass sie nichts isst.

Ich reibe mir über den Bauch, in der Hoff-nung, so etwas Aufmerksamkeit auf dieses Thema zu lenken. Ich möchte, dass sie von sich aus einlenkt, damit nicht wie-der eine un-angenehme Situation entsteht. »Kann ich et-was für dich tun?«

Sie schweigt einem Moment, bis sie zu mir aufsieht und mit einem Mal sehr entschlossen wirkt.

»Wollen wir ins Kino?«

Ich bin verwundert, ein wenig überrascht und weiß

noch nicht, ob im positiven Sinne. Möchte sie nur von irgendetwas ablenken?

»Wenn es mir schlecht geht, gehe ich ins Ki-no. Irgendwie hilft mir das.«

Ich schmunzele und plötzlich kommt mir diese Idee gar nicht mehr so blöd vor. Ich zie-he mein Handy aus der Tasche, öffne meinen Browser und gebe oben Kinoprogramm heute in die Suchleiste ein. Carries Blick liegt auf mir. Neugierig und fragend. Sie kann meinen Bildschirm nicht sehen, fragt sich vermutlich, was ich mache, aber ich warte, bis ich einen guten Vorschlag habe.

»Drama? Komödie? Thriller? Was möchtest du sehen?«

Zwei Stunden später finde ich mich in einem gut besuchten Kinosaal wieder. Bevor wir mit der Bahn hergefahren sind, haben wir einen kleinen Stopp bei Carrie eingelegt. Sie hat frische Sachen angezogen und die Frage, ob sie die nächste Nacht auch bei mir verbringen dürfe, hat mich überrascht und zugleich ge-freut. Aber dass wir uns einen riesigen Eimer Popcorn teilen, erleichtert mich auf eine skur-rile Art.

Wir schauen einen Horrorfilm, diskutieren auf dem Weg nach Hause über die Geschehnisse und kuscheln uns wenig später in mein Bett. Dort schauen wir I am a Killer weiter und ich bin schon wieder verblüfft von Car-ries Gesichtsausdruck, wenn sie völlig vertieft in die Serie ist. Die dritte Folge geht zu Ende und beim Abspann lehnt Carrie sich vor und drückt auf die Leertaste zum Pausieren.

»Wollen wir eine Pizza bestellen?«

Sie spricht so schnell und leise, dass ich mich mehrfach frage, ob ich sie richtig verstanden habe.

Aber ich wage es nicht, sie darauf anzusprechen.

Stattdessen nicke ich verblüfft und greife nach meinem Handy.

Carrie

Alles fühlt sich taub an. Ich habe etwas ge-macht, was mir vor ein paar Tagen unglaubli-chen Mut abverlangt hätte. Ich habe neben Robert im Bett gesessen, Pizza ge-gessen und Wein getrunken. Und dabei habe ich nichts gefühlt.

Mein Gefühl sagt mir, ich spiele nicht mit offenen Kar-ten, gleichzeitig fühlt sich hier zu sein so richtig an. Ich weiß nicht mehr, was ich davon halten soll. Von mei-ner Freund-schaft zu Faye, dieser Beziehung zu Robert. Und von mir selbst. Warum habe ich sie weg-geschickt? Warum habe ich ihr nicht zugehört und warum sitze ich neben einem Mann, bei dem ich mich zwar gut fühle, aber nicht weiß, wie ich für ihn empfinde. Mein Plan, mich mit etwas Abstand und einem klaren Kopf mit ihm zu treffen und so herauszufinden, was ich will, ist gehörig in die Hose gegan-gen. Morgen … morgen wollten wir uns tref-fen und ich herausfinden, was die-se Anzie-hung für eine Bedeutung hat.

Denn sie ist da. Ich vertraue ihm auf eine Art, die ich vorher selten gefühlt habe. Ich habe eine Barriere über-schritten und fühle mich bereit, ehrlich und wahrhaftig über meine Emotionen zu reden. Ich habe das Ge-fühl, dass er immer da war.

Aber diese Aufregung. Dieses Kribbeln und die Freu-de. Kommt das noch? Kann das dar-aus entstehen? Ich habe nicht das Gefühl, wegzuwollen. Ich will bleiben. In seinem Arm, seinen herben Duft inhalieren und den Geruch seines Duschgels, der nun auch an meinen Haa-ren haftet. Ich mag diese Ver-trautheit, die einfach da ist und scheinbar nie wieder geht. Fehlt es mir, mit ihm zu schla-fen? Soll ich mich noch weiter von mir ent-fernen, um vielleicht zu finden, was ich su-che?

Ich rapple mich auf, sage, dass ich ins Bad müsse, und verschwinde. Ich stelle mich vor den Spiegel, stelle den Wasserhahn kalt ein und befeuchte mit dem Wasser meine Wan-gen und Stirn. Meinen Hals und Nacken. Mir ist heiß, quälend heiß, und ich habe das Ge-fühl, erdrückt zu werden.

Ich sehe verändert aus. Kälter, vielleicht er-wachs-ener. Macht Enttäuschung einen reifer? Ich fühle mich so. Als würde ich klarsehen. Gleichzeitig weiß ich nicht, wohin ich schaue.

Ich will dem auf dem Grund gehen. Die Er-kenntnis steht und ich fühle mich erleichtert. Ich will wissen, wie es ist, mich voll und ganz darauf einzulassen. In mich hineinfühlen und beenden kann ich es immer noch. Ge-nau wie meine Freundschaft verlieren.

Im Schlafzimmer lächelt Robert mich an. Fühl dich schön, denke ich und die Kälte, die ich dabei empfinde, erschreckt mich.

Ich krabble zu ihm ins Bett, kuschele mich an ihn wie zuvor. Mit den Fingern fahre ich über seinen Bauch, mein Kopf liegt in seiner Halsbeuge.

Sein Brustkorb hebt und senkt sich gleichmäßig und ich habe das Gefühl, dass das, was gleich passieren wird, in der Luft liegt. Ich drücke mich enger an seinen Körper.

Mein Arm liegt über seinem Bauch, ich streife mit dem Daumen immer wieder über seine Haut, wo das T-Shirt ein Stück hochgerutscht ist.

Robert drückt einen sanften Kuss auf meine Stirn. Ich fühle mich mit einem Mal so ge-borgen und wohl, dass mein Bauch kribbelt.

Er löst seine Lippen und ich schaue zu ihm auf. Er lächelt sanft und ich tue es ihm gleich.

»Danke, dass ich hier sein darf«, flüstere ich und rutsche ein Stück hoch, um ihn zu küssen.

»Ich freue mich, dass du hier bist«, sagt er zwischen zwei Küssen und klingt ehrlich da-bei.

»Danke, dass du nicht gefragt hast, warum. Wenn die Zeit gekommen ist, werde ich dir das sagen, aber gerade …« Ein Kloß bildet sich ohne Vorwarnung in meinem Hals und ich merke, wie all die Gefühle, die ich in den letzten Tagen und Stunden zurückgehalten habe, mit einem Mal zurückkommen. Trauer um Faye. Dankbarkeit für Robert. Ehrlich und wahrhaftig und aus tiefstem Herzen.

»Ich verstehe das, Carrie. Wann immer du reden willst, ich bin da. Egal um welche Uhr-zeit.«

Eine Träne löst sich aus meinem Augenwin-kel und Robert fängt sie sofort mit dem Daumen auf. Sanft streicht er mir über die Wange, stoppt die anderen und lächelt mich so warm an, als wäre alles okay. Als wäre es das Normalste der Welt, dass ich um meine beste Freundin trauere, auch wenn ich mir selbst das nicht erlaube. Als wäre es nicht ek-lig, dass ich gerade gegessen habe, und als würde er mich noch genau wie vorher sehen. Ist das möglich?

Ich lehne mich ein Stück vor, lege meine Lippen auf seine und genieße das Kitzeln sei-ner Bartstoppeln, bei dem sich eine Gänsehaut auf meinem Körper ausbreitet. Unsere Küsse schmecken ein wenig salzig von mei-nen Trä-nen, gleichzeitig frisch und lebendig, als läuten wir gerade einen Neuanfang ein. Wenn sich eine Tür schließt, öffnet sich eine andere. Ein heftiges Ziehen reißt durch meinen Brust-korb.

Ich küsse Robert flehender, vergesse alles um mich herum und genieße das Gefühl sei-ner Lippen auf mei-nen. Ich merke nur am Rande, wie ich mich, ohne darü-ber nachzu-denken, auf seinen Schoß setze. Durch den dünnen Stoff seiner Boxershorts spüre ich seinen harten Penis. Ich bewege meine Hüfte und entlocke ihm damit ein lustvolles Stöh-nen. Mit einem Mal fühle ich mich bedeutend. Als würde er mich wirklich wollen und nicht nur den Sex. Ich küsse ihn leidenschaftlicher, flehender und denke nicht mehr darüber nach, ob ich das morgen bereue.

Erst ziehe ich Robert sein T-Shirt über den Kopf, er mir anschließend meins. Ich bemer-ke, wie lustvoll er mich ansieht, seine Lippen gerötet von unseren Küssen, und spüre, wie sehr ich ihn will. Robert streicht über den Saum meines BHs, setzt sich auf und fängt an, Küs-se auf meinem Hals zu verteilen. Ich stöhne auf, rut-sche ein Stück zurück und strei-fe mit der Hand über die Härte in seiner Un-terhose. Ich schaue nach unten und aus ir-gendeinem Grund fange ich an zu grinsen. Als ich wieder aufsehe, leckt Robert sich die Lippen. Im nächsten Moment liege ich auf dem Rücken und er ragt über mir auf. Ehe ich mich versehe, sind wir nackt und zum ersten Mal in meinem Leben fühle ich mich dabei nicht unwohl. Ganz im Gegenteil. Roberts Blick wandert über meinen Körper. Mit dem Daumen streift er meine Brustwarzen, ehe er anfängt, mein Dekolleté und meinen Hals zu küssen, an der Haut zu saugen und während-dessen mit den Fingern in mich einzudringen.

»Du bist so schön, Carrie«, raunt er dicht an meinem Ohr. Ich erschaudere. Meine Mitte pocht, meine Beine zittern leicht und ich klammere mich am Kopfende fest.

Die schwarzen Punkte vor meinem inneren Auge werden weniger, aber ich fühle mich noch ganz benommen. Robert umfasst meine Hüfte, dreht mich auf den Bauch und zieht mich schließlich zu sich heran. Ich öffne die Beine für ihn und schaue über die Schulter zu ihm, als er sich ein Kondom überzieht. Er sieht konzentriert aus, was ich ziemlich süß finde. Ich muss kichern, was allerdings ver-stummt, als er mich aus lustvollen Augen an-sieht.

»Du bist so wunderschön, Carrie«, wispert er, als er in mich eindringt. Eine Gänsehaut nimmt meinen Körper ein und ich fange an zu beben, als er beginnt, sich in mir hin- und herzubewegen.

Kapitel 8

Carrie

Sanfte Berührungen wecken mich. Es dauert einen Moment, bis ich realisiere, dass Robert hinter mir liegt und mit den Fingerspitzen sanft über meinen Rücken streicht. Gänsehaut legt sich auf meine Arme, als er über meine Seite fährt. Ein fröhliches Seufzen entfährt mir. Ich habe mich noch nie wohler in meiner Haut gefühlt. Das Gefühl, dass er mir gestern gegeben hat, und der lustvolle Blick, den er über meinen Körper hat schweifen lassen, sind so bildhaft vor meinem inneren Auge … Ob er mich noch so anschaut? Oder ist der Zauber vorbei? Ich schlucke. So will ich nicht denken, aber ich kann nicht glauben, dass er mich mag und mich … wirklich will.

Die Matratze schwankt unter seinen Bewe-gungen und als sein Atem meinen Hals streift, ist die Gänse-haut, die sich erst vor wenigen Sekunden gelegt hat, wieder da und mit ihr ein aufregendes Kribbeln in mei-ner Mitte.

»Guten Morgen, Carrie«, raunt er. Seine Stimme klingt kratzig und deutlich tiefer als sonst. Ich lächle, will ge-rade antworten, da redet Robert weiter. »Weil ich weiß, dass dich das interessiert: Es schneit und ich freue mich jetzt schon darauf, später mit dir über einen verschnei-ten Weihnachtsmarkt zu laufen.«

Mein Herz fängt immer schneller an zu schlagen und das Kribbeln breitet sich über meinen ganzen Bauch aus. Meine Wangen werden rot und obwohl ich mich gern weiter-hin so behütet in seinen Armen fühlen möch-te, drehe ich mich um und kann endlich mehr von ihm be-rühren als nur seine Unterarme. Ich schlinge den Arm um seinen Bauch und ziehe mich an ihn heran. Robert küsst mich auf die Stirn und ich grinse.

»Guten Morgen«, murmle ich und werde erneut geküsst. »Ich würde gern aufspringen und gucken gehen, aber ich will nicht, dass du aufhörst, mich zu berühren.« Zum ersten Mal öffne ich die Augen und sofort fällt mir der kleine, aber deutlich sichtbare Knutschfleck an seinem Hals auf. Sofort fühle ich mich ein paar Jahre zurückversetzt. In die Zeit, als Knutschflecke noch cool waren und ich mich runtergehungert habe, weil ich dachte, dass sich sonst jeder Kerl vor meinem Körper ekeln würde. Ich schlucke und merke gar nicht, dass ich mit dem Daumen über seine Halsbeuge streiche.

Die Gedanken tun weh. Ich will nicht an diese Zeit zurückdenken, gleichzeitig glaube ich, dass mein Verstand sich langsam erlaubt, sich an diese Dinge zu erinnern. Ich habe das Gefühl, das festhalten zu müssen. Für das Buch, aber besonders für meinen ersten Roman.

Ich lehne mich vor, drücke Robert einen Kuss auf die Wange und klettere schnell über ihn. Wir sind immer noch nackt und ich bin überrascht, dass mir diese Tatsache nichts ausmacht. Schnellen Schrittes laufe ich zur gegenüberliegenden Wand, an deren Steckdo-se mein Handy angeschlossen ist. Ich schnap-pe es mir, gehe zurück ins Bett, setze mich allerdings im Schneidersitz auf meinen Schlafplatz der letzten Nacht. Ich öffne meine Notizen und fange an, meine Gedanken nie-derzuschreiben. Die Gedanken über die Aus-wirkungen, wenn man sich vom Umfeld so unter Druck gesetzt fühlt. Welche ungesunden Folgen das haben kann, vor allem dieses Sich-beobachtet-Fühlen, wiederholt sich in vielen Passagen. Vielleicht sollte ich daran arbeiten.

Ich höre erst auf zu tippen, als ich bemerke, dass Robert nicht mehr neben mir im Bett sitzt. Unbehagen steigt in mir auf und ich frage mich, ob er sauer ist. In den letzten Tagen gab es öfter Situationen, in denen mir schlag-artig Dinge einge-fallen sind, die ich für mei-ne Bücher benutzen kann und deswegen ganz schnell auf-schreiben musste. Hoffentlich nimmt er mir das nicht übel.

Stichpunktartig notiere ich mir die letzten Dinge, sperre mein Handy, werfe es neben mich aufs Bett und schnappe mir die Decke. Ich wickele sie mir um die Schultern und will das Zimmer verlassen, da fällt mein Blick aus dem Fenster. Es ist tatsächlich alles weiß! Mein Herz macht einen kleinen Satz und ich freue mich mehr darüber, als ich sollte. Mal schauen, wie lange der Schnee liegen bleibt.

Schon im Flur habe ich eine Antwort darauf, wo Robert steckt. Aus der Küche tönt ein lei-ses Fluchen. Das Klappern von Geschirr geht in dem Brummen der Kaffeemaschine unter.

Ich spähe um die Ecke und muss lächeln, als ich sehe, wie Robert nur in Boxershorts in der Küche herum-werkelt. Auch als ich mich in den Türrahmen stelle, be-merkt er mich nicht. Ohne zu zögern, stelle mich hinter ihn und genieße das warme Lächeln auf seinen Lip-pen, als er mich ansieht. Ich öffne meine Ar-me, ent-blöße damit meinen nackten Oberkörper und kuschle mich an Robert. Ich spüre das Spiel seiner Muskeln, die Wärme, die von ihm ausgeht, und genieße, was seine Anwe-senheit in mir auslöst, nämlich das Gefühl, dass die Welt stillsteht und alles okay ist.

Ich lege den Kopf schief, schaue den Schnee-flocken zu, die sich aufs Fenster setzen, und wünsche mir, dass es für immer der siebte Dezember bleibt. Noch siebzehn Tage, dann fahre ich zu meiner Familie. Meinen Eltern, die endlich wieder ein Paar sind, und wir so-mit eine richtige Familie. Meinen Großeltern, die zu uns kommen, und den jährlichen Stephen-King-Filmmarathon.

Dass ich so positiv über mein Zuhause denke, ist ein Wunder. Jetzt kommt es mir vor wie ein Paradies mitten im Chaos, dabei gab es meistens Streit, als ich noch zu Hause ge-wohnt habe. Vor allem, als meine Eltern zusammen waren. Wie es wohl sein wird, dass die beiden so richtig zusammen sind? Richtig verliebt ineinander? So, wie ich und Ro… Robert. Bin ich verliebt in Robert?

Ich schaue auf, geradewegs in die braunen Locken, die wirr in alle Richtungen wegstehen. Ich verteile einige Küsse auf seinem Rücken und er guckt über die Schulter.

»Sorry, dass ich so vertieft in die Arbeit war.«

»Wenn du mir erzählst, was du da gemacht hast, und mir versprichst, dass dein Job nicht daraus besteht, Nachrichten mit ekligen alten Männern auszutauschen, finde ich deine Leidenschaft sexy.« Er lacht und sein Körper bebt ein wenig an meinem. Robert dreht sich noch ein Stück herum, drückt mir einen Kuss auf die Stirn und verweilt einen Moment.

»Warum auch immer du denkst, dass ich so mein Geld verdiene.« Ich kichere, aber als er seine Lippen von meiner Stirn löst und sie erneut draufdrückt, seufze ich zufrieden.

»Ich mag das, wenn du mich auf die Stirn küsst«, murmle ich und drücke mich dichter an ihn. »Das fühlt sich gut an.«

Robert zieht sich gespielt erschrocken zu-rück und schaut mich mit großen Augen an. »Dann muss ich das ja jetzt öfter machen!« Er klingt wie ein kleiner Junge und ich kichere erneut. Er zwinkert mir zu, küsst mich ein letztes Mal auf die Stirn und lächelt mich warm an.

»Geh wieder ins Bett. Ich komme gleich mit Kaffee und will endlich mehr über diejenige erfahren, die hier nun seit drei Tagen haust« Er lacht, schaut wieder auf die Arbeitsfläche und lässt mich mit einem Stechen in der Brust zurück.

Plötzlich fühle ich mich ihm gegenüber ver-pflichtet. Bin ich bereit, ihm Dinge über mein Leben zu erzählen? Eigentlich ist da nichts dabei, aber ich fühle mich aus dieser wohli-gen Blase gerissen, in der wir uns gerade be-funden haben, und weiß nicht, wie ich damit um-gehen soll.

Robert

Wir liegen im Bett, trinken Kaffee und zu meiner Ver-wunderung isst Carrie Pancakes, ohne mich oder sie komisch anzusehen. Das Einzige, was die Stimmung trübt, ist die Tat-sache, dass sie abweisend auf meine Fragen zu ihrer Person antwortet. Einsilbig, desinteres-siert und an allem anderen mehr interessiert. Ich weiß inzwischen, dass sie Literaturwissen-schaft studiert, ihren Lebensunterhalt damit verdient, Texte für andere Leute verfassen, und gerade plant, ihren ersten Roman zu schreiben. Punkt. Keine Freude, keine Angst. Keine Leidenschaft, was in einem ziemlichen Kontrast zu der Trance steht, in der sie sich heute Morgen befunden hat.

Irgendwann gebe ich auf zu fragen, beantworte statt-dessen bereitwillig ihre Nachfor-schungen. Warum ich Journalismus studiere, weswegen ich mein Praktikum gekündigt ha-be und wie weit ich mit meinem Projekt bin. Wir reden über Verbrechen, Gut und Böse, und die Tragik hinter Persönlichkeitsstörungen. Egal, ob kalt oder gespalten. Zwanghaft oder desinteressiert. Wir setzen uns mit der Frage auseinander, ob Menschen, die schlim-me Ansichten haben oder schreckli-che Din-ge tun, aber einen emotionalen Grund für ihr Handeln haben, bestraft werden sollen. Ob man ihnen entgegen-kommen und helfen soll-te. Aber schnell kommen wir auf die Antwort, dass es in den meisten Fällen schwierig wird, da viele Straftäter, charakterstarke oder verletzte Menschen selten den Schritt gehen kön-nen und von heute auf morgen bereit sind, sich zu ändern.

Dass wir diese Gespräche nackt in meinem Bett führen, gefällt mir. Das Fertigmachen im Badezimmer allerdings auch. Die kleinen Blicke und Berührungen geben unserer gemein-samen Zeit das i-Tüpfelchen, auch wenn tief in mir eine Ungewissheit schlummert, die ich nicht recht zuzuordnen weiß. Aber dieser will ich jetzt nicht nachgehen.

Am frühen Nachmittag verlassen wir Hand in Hand meine Wohnung. Draußen ist alles weiß und zum ersten Mal seit Jahren mag ich diesen Anblick, weil ich weiß, wie glücklich er Carrie macht. Ich schiele hinab und muss grinsen. Carrie sieht aus wie ein kleiner Pinguin. Ihr Schal verdeckt ihr halbes Gesicht, der Mantel ist geschlossen und über ihre Oh-ren hat sie ein gestricktes Stirnband gezogen. Ich sehe nur ihre Augen und ihren wuscheli-gen Dutt, der bei jedem Schritt hin und verwackelt. Ich löse das Geflecht unserer Hände, lege meinen Arm um Carries Schulter und ziehe sie zu mir heran. Ohne aufzusehen, lehnt sie den Kopf an meine Brust und ich hö-re sie seufzen. Der Gedanke, dass sie heute Nacht nicht bei mir schlafen wird, fühlt sich seltsam an. Am liebsten würde ich sie mit später einfach über die Schulter werfen und wie-der mit zu mir nehmen. Aber sie hat gesagt, dass sie noch etwas für die Uni machen muss und wir gern morgen Abend sehen können, wenn ich denn will. Natürlich will ich das!

Während wir durch die Straßen spazieren, begegnen uns mehrere Menschen. Ein altes Ehepaar, dem Carrie grinsend hinterher-schaut. Mehrere Eltern mit Kindern, die oftmals auf Schlitten gezogen werden. Eine alte Oma, die ebenso dick eingepackt ist wie Carrie, und mehrere Jugendliche, die im Schnee spielen. Mir entgehen die aufmerksamen Blicke nicht, mit denen sie diesen Leuten hinter-herschaut.

Als wir am Weihnachtsmarkt ankommen, werden wir von Weihnachtsmusik und dem Duft nach Gebäck und Glühwein begrüßt. Alle Leute stehen dicht beieinander, reden und lachen, trinken oder singen Weihnachts-lieder. In der Mitte des kleinen Marktes ist eine Schlittschuhbahn aufgebaut. Ich spüre Carries Blick auf mir. Flehend schaut sie zu mir auf, als wäre es von Anfang an ihr Plan gewesen, mit mir Schlittschuh zu laufen. Doch ich will, dass diese kluge Frau fragt. Ich habe gehofft, dass wir auf ein »Oh Schatz, bitte!« verzichten können. Uns auf Au-genhöhe bewegen und klar kommunizieren. Deswegen schaue ich sie an. Mit neutraler Miene und der Hoffnung, dass sie versteht.

»Wollen wir Schlittschuhlaufen?«, fragt sie und zu meinem Glück ist kein alberner Sing-sang in ihrer Stimme.

Ich küsse sie auf die Stirn und als ich mich von ihr löse, flüstere ich: »Gern. Auch, wenn ich das nicht kann.«

»Das kannst du ja lernen!«, ruft Carrie und umfasst meine Hand fester.

Ich stelle mich schlecht an. Verdammt scheiße sogar und ich frage mich, warum ich mich darauf eingelassen habe. Carrie macht sich in regelmäßigen Abständen über mich lustig, und ich wundere mich, was ihr daran gefällt, dass ich immer wieder beinahe falle.

Carrie kauft sich an einem Stand Unmengen an Weihnachtstee. Wir trinken Glühwein, schauen uns die Menschen an und küssen ei-nander. Es ist selten, dass wir mal Abstand zueinander haben. Wir laufen die ganze Zeit dicht beieinander, halten uns an den Händen und jedes Mal, wenn ich sie an meiner Seite sehe, vollführt mein Herz einen kleinen Satz. Eigentlich habe ich mich nicht darauf gefreut, herzukommen. Aber jetzt freue ich mich. Und ich habe das Gefühl, dass es das erste Weih-nachten seit Jahren wird, an dem ich mich nicht so schrecklich einsam fühle.

Carrie

Morgens allein aufzuwachen, fühlt sich ko-misch an. Ich vermisse Roberts Wärme, seine Haut an meiner und das Gefühl, wenn er mich ansieht. Ich habe mich schon lange nicht mehr so bedeutend gefühlt. Das letzte Wochenende bei ihm hat unglaublich gutgetan. Er fehlt mir jetzt schon. Ich würde ihn am liebsten anrufen oder ihm schreiben und es sagen, aber ich kann nicht. Die Blase, in der ich mich befinde, wenn ich bei ihm bin, ist mir zu wertvoll. Es fühlt sich an wie in einem mo-dernen Märchen von Stephen King. Fernab der Realität, wo alles möglich ist. Aber wenn ich Robert alles über mich erzähle, wird es Realität. Ich weiß nicht, warum ich mich so davor verstecke. Warum ich nicht ehrlich zu ihm sein kann.

Als ich auf mein Handy schaue, sehe ich so-fort die Benachrichtigung unserer Stundenplan-App. Die Vorlesungen mit Anwesen-heitspflicht fallen die Woche aus und dann sind auch schon Semesterferien. Ein wenig enttäuscht seufze ich. Ich habe gehofft, Faye zu sehen und diesen Streit zwischen uns zu beseitigen. Wenn wir uns dort einfach über den Weg laufen wür-den, wäre es so viel leichter. Ich fühle mich einfach noch nicht bereit, sie anzurufen und einen aktiven Schritt auf sie zuzugehen. Ich bin immer noch fassungs-los, ver-stehe nicht, warum sie all das so lange vor mir verheim-licht und einem Fremden alles problemlos erzählt hat. Der Gedanke an sie tut weh, der Gedanke an das, was wir hat-ten, weil ich jetzt weiß, dass es eigentlich nichts ist. Nichts war … Vielleicht nie wieder etwas sein wird? Ich schlucke und wische mir widerwillig die Tränen von den Wangen. Wut und Trauer überkommen mich gleichermaßen und rauben mir den Atem. Hastig trinke ich, verschlucke mich und meine negativen Ge-fühle nehmen immer mehr Platz in mir ein.

Nachdem ich mich wieder beruhigt habe, ziehe ich meinen Kalender aus der Tasche, die neben meinem Bett steht, und schlage die Sei-te der neuen Woche auf. Alle sind leer, die Uni muss ich direkt streichen, weswegen nur noch das Buchprojekt auf dem Plan steht. Und Robert.

Ich gehe duschen, mache die Musik von Harry Styles an und setze mich mit meinem Laptop auf den Boden. Neben mir stehen zwei Bagels, meine Kaffeetasse und eine Kanne Tee, an die ich mich machen, sobald der Kaffee ausgetrunken ist. Ich tippe und tippe und tippe, bis meine Handgelenke schmerzen und das Türklingeln mich erlöst. Bis Robert mich erlöst.

Kapitel 9

Robert

Ich drücke die Klingel, freue mich, als endlich Schritte im Treppenhaus zu hören sind. Carrie öffnet die Wohnungstür und hüpft mir entgegen. Sie schlingt ihre Arme um mich und ich taumle ein Stück zurück, weil eine dünne Eis-schicht auf den Treppenstufen liegt. Wir küs-sen uns zur Begrüßung, und erst als sie sich ein Stück von mir lehnt, fällt mir auf, dass sie ihren Mantel trägt und ihren Schal in der Hand hält.

»Was hast du vor?«, frage ich und mustere sie aufmerksam.

»Ich dachte, wir gehen eine Runde spazie-ren? Ich war die letzten Tage nur in der Woh-nung. So eingeschneit ist es gemütlich, aber noch gemütlicher wird es, wenn wir durch die Kälte spazieren, zusammen heiß duschen und uns mit einem Wein und einem King-Film in mein Bett kuscheln.« Während sie das sagt, laufen wir die Stufen hinunter und biegen nach rechts ab. Bei ihren Worten macht mein Herz einen Satz und diese Vorstellungen und Erwartungen an unseren heutigen Abend sorgen für ein aufgeregtes Kribbeln in meinem ganzen Körper.

»Dein Plan klingt durchdacht und ziemlich, ziemlich gut«, sage ich grinsend, ziehe sie zu mir heran und küsse sie auf die Stirn. Carrie seufzt zufrieden und lehnt ihren Kopf gegen meine Schulter.

Obwohl wir erst seit ein paar Minuten unterwegs sind, ist ihre Nasenspitze vor Kälte gerötet und ihre Hand in meiner wird langsam kalt.

Einige Minuten verbringen wir schweigend. Carrie schaut aufmerksam durch die Straßen, lässt sich nichts entgehen, doch mein Blick gilt nur ihr. Der Schein der Straßenlaternen ver-leiht diesem Moment etwas Märchenhaftes, Romantisches und ich hoffe, dass es ewig so bleibt, aber ich muss die Fragen endlich stel-len. Ich muss wissen, warum sie so wenig über sich selbst spricht und am letzten Wochenende mitten in der Nacht angerufen hat. Ich weiß immer noch nicht, was passiert ist. Nur, dass sie nicht mit mir spricht, und das ver-letzt mich. Ich würde gern teilhaben an ihrem Leben, nicht nur abends Filme mit ihr schauen und wieder verschwinden. Will sie eine kurze Romanze und mich dann loswerden? Ich kann es mir nicht vorstellen und gleichzeitig … Ich kann sie nicht einschätzen.

»Was hast du Weihnachten vor?«, höre ich mich fragen und in der nächsten Sekunde hof-fe ich, dass sie mich nicht wieder von sich schiebt.

»Ich fliege zu meinen Eltern. Nach Pittsburgh. Und du?«

Eine kurze, aber immerhin vollständige Antwort, denke ich und hoffe, darauf aufbau-en zu können.

»Ich verbringe die Zeit auch bei meinen Eltern. Sie wohnen hier in Brooklyn. Die letzten Feiern waren nie wirklich schön ohne Sarah. Ich bin gespannt, wie es dieses Mal wird.«

»Standet ihr euch früher sehr nah?«, fragt sie.

»Ja … schon. Wir haben selten etwas unter-nommen, aber wir hatten kleine Deals.« Ich lache auf und erinne-re mich zurück. Der freche Ausdruck in ihrem Gesicht. Die wilden Locken, die ihr etwas Zeitloses verliehen ha-ben. Die Lederjacke, Lederstiefel und schwar-zen Klamotten. Immer diese schwarzen Kla-motten.

»Welche?«

»Sie wusste von Tag eins an, dass ich diese Serien schaue. Sie hat mich immer verteidigt. Gesagt, sie hätte das geschaut und nicht ich, wenn meine Mom mir auf der Spur war. Sie hat mich nie komische Sachen gefragt. Sie akzeptiert einen, wie man ist, ohne Wenn und Aber, und steckt lieber den Ärger ein, statt zu ris-kieren, dass jemand, den sie liebt, diesen abbekommt. Gemecker prallt immer völlig an ihr ab. Solange sie die Wahrheit kennt und damit im Reinen ist, kann ihr niemand et-was.« Ich grinse die ganze Zeit über, gleichzeitig steigt mir die Ungewissheit bis zum Hals. Aber vielleicht traut sich Carrie, je mehr ich preisgebe.

»Das klingt schön. Ich bin leider Einzelkind, ich wünschte, ich könnte das besser nachemp-finden, aber Sarah klingt nach einer tollen großen Schwester.«

Ich küsse sie mal wieder auf die Stirn, über-lege ein paar Minuten, ehe ich die Frage aller Fragen stelle: »Wie geht es Faye?«

Meine größte Vermutung ist, dass zwischen den bei-den etwas vorgefallen ist. Denn seit letzten Samstag ist der Name Faye nicht ein-mal gefallen. Die Bilder der beiden sind in Carries Wohnung umgedreht und ich frage mich, warum.

»Ich möchte nicht über sie sprechen.« Puff. Der Win-terzauber und die fröhliche Stim-mung sind mit einem Mal verflogen und ma-chen Platz für eine nieder-schmetternde Realität. Carrie möchte wirklich nicht, dass ich ein Teil ihres Lebens bin.

»Okay.« Meine Stimme klingt schroff und kalt, doch in mir tobt es.

Carrie scheint meinen Gemütszustand zu bemerken, denn sie schaut kurz zu mir auf und dann wieder weg. Schließlich bleibt sie stehen. Sie räuspert sich und be-hält unsere Fußspitzen im Auge.

»Ich brauche noch ein paar Tage … Ich weiß nicht, wie ich darüber denke, was passiert ist. Was all das zu bedeuten hat. Was das zwi-schen uns zu bedeuten hat und wo uns das hinführt.«

Mein Herz fängt wild an zu schlagen. Ich habe das Gefühl, keine Luft zu bekommen. Finde ich es nicht fair, dass sie uns mit reinzieht, aber vor allem die Erkenntnis, dass sie mir durch die Blume sagt, dass sie mir nicht vertraut, tut verdammt weh.

»Carrie, ich kann verstehen, dass du alle von dir stößt, aber …« Weiter komme ich nicht.

»Tu ich doch gar nicht. Ich habe einfach kei-ne Lust, mich mit meinen Gefühlen zu befassen. Ich mache so was mit mir selbst aus. Punkt.«

Sie geht weiter und ich bereue, sie auf dieses Thema angesprochen zu haben, aber so lang-sam geht es nicht anders. Ich bleibe stehen, überlege, was ich als nächstes machen soll. Die Situation auszureizen wird allerdings rein gar nichts bringen. Auch wenn ich das gern mit ihr ausdiskutieren würde, kommt der har-moniebedürf-tige Mensch in mir durch. Wir werden an dem Punkt ankommen, an dem wir einander vertrauen. Sicherlich.

Also trabe ich Carrie hinterher, sage, dass ich warte, bis sie bereit ist, darüber zu reden, und wir setzen unse-re Abendplanung fort.

Am nächsten Morgen verabschiede ich mich vorzeitig von Carrie, während sie noch halb schläft, und verschwinde zu Finn. Er hat am Abend geschrieben und gemeint, dass ich mal vorbeikommen solle. Er hätte Neuigkeiten. Das hat meine Laune gehoben, vor allem, weil ich nicht damit gerechnet habe. Immer-hin sieht er das True-Crime-Projekt deutlich kritischer, und dass er sich so einbringt, macht mich mehr als glücklich. Vielleicht gibt es ja doch noch Hoffnung.

Auf dem Weg rufe ich ihn an und bin froh, dass er rangeht und mir sagt, dass ich vorbeikommen kann. Normalerweise schläft er lang, arbeitet nachts an seinen Bildern. Seit Sarah weg ist, fotografiert er. Man solle die

Momente, die von Bedeutung sind, festhalten. Das ist sein Ansatz. Dafür bewundere ich ihn.

Ich drücke die Klingel, öffne die Tür und steige hinauf in den dritten Stock. Finn lehnt im Türrahmen. Unter seinen Augen zeichnen sich dunkle Flecke ab, aber im Gesamten wirkt er zufrieden. Beinahe glücklich. Es ist lange her, dass ich Finn das letzte Mal so gesehen habe.

»Hey, Mann«, begrüßt er mich.

»Morgen.«

»Willst 'nen Kaffee?«

»Bitte.«

Er nickt und geht zurück in die Wohnung. Nachdem ich mir die Schuhe ausgezogen und meinen Mantel an die Garderobe gehängt habe, will ich in die Küche gehen, aber Finn hindert mich daran.

»Geh schon mal ins Wohnzimmer, ich komm sofort.«

Ich runzle die Stirn, widersetze mich aber nicht. Als ich das Zimmer betrete, muss ich schmunzeln. Ich verstehe nicht, wie Finn in einem solchen Durcheinander leben kann. Sein kreatives Chaos, wie er es gern nennt, grenzt an eine Messie-Bude. Da er diesen Raum als Arbeitszimmer nutzt, ist die Hälfte mit etlichen Stativen, Lichtboxen und verschiedenem Kameraequipment vollgestellt. Ein riesiges Sofa steht in der Mitte des Raums und der Rest wird von Tischen eingenommen, auf denen Bildschirme herumstehen.

Ich setze mich aufs Sofa, lasse mein Blick über die Bilder an der Wand schweifen. Ich habe gar nicht gewusst, dass Finn auch malt. In der hintersten Ecke steht eine Staffelei und auf einigen Regalbrettern reihen sich Gläser mit Pinseln. An einem Brett sind Farbtuben an Klammern aufgehängt.

»Seit wann malst du?«, frage ich Finn, als er zu mir kommt und mir eine dampfende Tasse reicht. Erst als meine Finger sie umfassen, merke ich, wie kalt sie sind.

Wenn das so weitergeht, stehen die Chancen auf weiße Weih-nachten wirklich gut. Ich freue mich für Car-rie, gleichzeitig versetzt dieser Gedanke meinem Herzen einen Stich, denn die Erkenntnis, dass sie mir nicht ver-traut, drängt sich wieder in mein Bewusstsein.

»Ich will mit dir über etwas anderes sprechen.«

Ich zucke zusammen bei Finns Worten. »Hast du ei-nen Fall?«

»Nein.«

»Hast du etwas von Sarah gehört?«, frage ich und set-ze mich so schnell auf, dass ich bei-nahe meinen Kaffee verschütte.

Jetzt kommt kein Wort über Finns Lippen, stattdessen schüttelt er den Kopf und blickt bedrückt hinab. »Etwas anderes.« Er nippt an seinem Kaffee und ich verstehe nicht, was los ist. Was will er mir sagen? »Ich … Es gibt da jemanden.«

Für ein paar Sekunden fühle ich gar nichts. Dann ist da Wut. Enttäuschung. Was ist mit Sarah? Was ist, wenn sie doch noch irgendwo da draußen ist? Mein Herz fängt immer schneller an zu schlagen. Irgendwie will ich das hier alles nicht wahrhaben.

Doch je mehr Zeit verstreicht, desto klarer wird mir, dass es okay ist. Der Gedanke daran, dass Sarah immer gewollt hat, dass die Leute um sie herum glücklich sind, und Finn scheint wirklich glücklich zu sein. Dass ich es ihm gönne, weiterzumachen. Sein Leben zu leben. Un-weigerlich muss ich grinsen.

»Willst du mich umbringen?« Ich schaue auf und ihm geradewegs ins Gesicht. Der Ausdruck darauf ist starr und ich kann förmlich sehen, wie er die Luft anhält.

»Nein. Ich freue mich für dich, weil ich glaube, dass Sarah dasselbe tun würde. Viel-leicht stellst du sie mir ja eines Tages vor.«

Finns Gesichtszüge werden langsam weich, bis sie

völlige Fassungslosigkeit ausdrücken. Ich lächle und nehme einen Schluck von meinem Kaffee.

»Für mich ändert das nichts«, sage ich und trinke einen weiteren.

Finn verzieht den Mund und ich sehe, dass seine Augen glasig werden. Unruhe steigt in mir auf.

»Ich vermisse Sarah. Jeden Tag. Ich möchte nicht, dass du etwas anderes denkst, aber …« Seine Worte gehen in heftigen Schluchzern unter. Seine Schultern beben.

»Ich habe Angst vor Weihnachten. Ich will nicht, dass sie langsam in Vergessenheit gerät. Es fühlt sich so an.« In meinem Hals bildet sich ein Kloß. Dennoch habe ich das Gefühl, dass die Dinge, die ich Carrie gegenüber be-reits ausgesprochen habe, mir eine gewisse Last von den Schultern nehmen. Ich habe ständig über Sarah geredet, nie so getan, als hätte es sie nie gegeben. Wenn ich das nicht getan hätte, könnte ich vermutlich jetzt nicht so damit umgehen.

»Bist du auch noch der festen Überzeugung, dass sie irgendwo da draußen ist?«

Bist du auch …, wiederhole ich seine Worte in meinem Kopf. Sein auch gibt mir Mut. Trotzdem frage mich, wie sie jetzt wohl aussieht oder was sie macht. Was die Gründe sind, aus denen sie gegangen ist.

Einen Moment schweigen wir, dann … »Sie ist hier.«

Erstaunt schaue ich Finn an. Doch sein Blick gilt nicht mir, sondern ist auf die Tür gerichtet. Ich folge ihm und erschrecke ein wenig, als ich Faye dort stehen sehe. Sie lächelt mich schüchtern an. Das ist Faye aus dem Café, von Carries Bildern.

»Ist Carrie okay?«, fragt sie.

Ich kann sie nur ungläubig anschauen. Mein Verdacht ist bestätigt. Sie setzt sich neben Finn und damit ebenfalls mir gegenüber. Plötzlich fühle ich mich wie in einem Verhör.

»Ja, so weit schon. Was zum Henker ist hier los?«

Die beiden tauschen einen schnellen Blick aus, ehe Finn sich räuspert.

»Wir haben uns in einer Dating-App kennengelernt. Dann haben wir uns ein paar Mal getroffen. Es hat gepasst. Auf jeden Fall …«

Faye unterbricht ihn. »Ich habe Carrie ange-logen. Ich habe ihr die Geschichte meiner Vergangenheit erzählt, die jeder kennt und glaubt, aber nicht die Wahrheit. Finn hat mich ermutigt, endlich mit offenen Karten zu spie-len. Carrie … Sie ist enttäuscht und das völlig zu-recht.«

»Warum erzählt ihr mir das?«

»Weil ich nicht wollte, dass du das ander-weitig er-fährst.« Er streichelt Faye über den Rücken und ich muss automatisch grinsen.

»Und ich, weil ich mir Sorgen um Carrie mache. Sie zieht sich zurück und … Ich kann nicht einschätzen, was in ihr vorgeht.«

Ich erzähle Faye von Carries Reaktion gestern Abend und versichere ihr, dass ich mir Gedanken mache, mit ihr rede und dass wir sicherlich eine Lösung finden.

Für ein paar Stunden fahre ich nach Hause, versuche endlich einen Fall zu finden, voranzukommen, aber meine Gedanken drehen sich zu schnell. Ich muss zu Carrie. Ich muss mit ihr sprechen.

Kapitel 10

Carrie

Meine Finger fliegen nur so über die Tastatur. Ich bin in den letzten Zügen dieses Auftrags schneller und besser als erwartet, und das er-laubt mir, früher an meinem eigenen Projekt zu arbeiten. Aufträge werde ich erst Mitte Ja-nuar annehmen, das habe ich mir fest vorge-nommen, denn jetzt liegt völlige Konzentra-tion auf diesem Auftrag und dann…

Dann schreibe ich mein erstes eigenes Buch. Dieser Gedanke fühlt sich gut an. Er beruhigt mich und die Vorfreude auf das Projekt ist etwas Gutes.

Auch wenn das Meiste für meinen Auftrag-geber geplant und vorbereitet ist, mache ich mir jeden Abend in Roberts Armen Gedanken, wie ich am nächsten Morgen starten kann. Weiß genau, welches die ersten Worte sind, die ich schreibe, und das fühlt sich wahnsinnig gut an. Als wäre ich in einem Traum. Einem Rausch, und ich bekomme gar nicht mit, was um mich herum passiert.

Genau das ist die bittere Realität. Ich weiß es nicht mehr. Ich weiß nicht, welchen Wochentag wir haben, wie viele Tage noch bis Weihnachten sind. An den Schnee draußen scheine ich mich gewöhnt zu haben. Ich lächle zwar, aber …

Meine Arbeit nimmt mich so stark ein. Alles andere ist rau und stumpf und ich weiß nicht, was ich davon halten soll.

Es klingelt und ich schrecke hoch. Ich würde gern aus dem Fenster schauen und nachsehen, wer es ist, aber da die nur zum Innenhof hin zeigen, bringt mir das nicht viel.

Ich schlüpfe in meinen Bademantel, da ich noch meinen Schlafanzug trage, und ziehe mir Puschen über. Die Tür öffne ich erst einen Spalt, aber als ich Robert sehe, mache ich sie ganz auf.

»Hab Kaffee mitgebracht.« Er hält zwei Becher hoch, lächelt aber nicht.

Ein mulmiges Gefühl macht sich in mir breit.

»Komm rein«, fordere ich ihn auf und gehe nach oben. Nur ein paar Minuten später sitzen wir auf dem Boden. Meine Notizen haben ich beiseitegeschoben, auch wenn ich am liebsten meine Finger über die Tastatur schweben las-sen möchte. Stattdessen umfasse ich den Kaffeebecher.

»Ich muss mit dir reden, Carrie.«

Ich schlucke, möchte am liebsten den Kopf schütteln und ihn einfach rausschicken, aber für einen Moment sitze ich völlig starr hier. An der Tatsache, dass ich mich nicht dazu be-reit fühle, über die Dinge zu sprechen, die mich beschäftigen, hat sich seit gestern abends nichts geändert.

»Ich weiß, was zwischen dir und Faye passiert ist. Ich verstehe nicht, warum du nicht mit mir sprichst. Ich hoffe, in den letzten Ta-gen ist klar geworden, dass ich ohne zu zö-gern für dich da bin, ohne Wenn und Aber. Nur kann ich das nicht, wenn du dich mir nicht öffnest.« Er rutscht ein Stück näher, legt seine Hand auf mein Bein. Automatisch spanne ich mich an. »Hör zu. Ich will dich zu nichts drängen.«

»Es ist mir egal«, unterbreche ich ihn.

Stille. In mir herrscht völlige Stille. Ich ver-stehe nicht, warum … »Was soll das? Was willst du von mir hören?«

»Ich möchte, dass wir wie schlaue, erwach-sene Menschen reden. Ich will doch nur für dich da sein!« Robert klingt inzwischen fle-hend, beinahe verzweifelt, was in mir nur noch mehr Panik auslöst. Ich kann das nicht.

Ich will das nicht.

»Ich möchte aber gerade nicht.«

Roberts Miene wandelt sich von offen und aufmunternd zu strengen Linien. Seine Augen sind schmale Schlitze, seine Lippen hat er fest aufeinandergepresst.

»Und wann bist du so gnädig?«

Entsetztes Lachen bricht aus mir heraus, ehe ich es aufhalten kann.

»Ich bin an einer ehrlichen Beziehung inte-ressiert.« Roberts Stimme klingt gepresst.

»Ich auch, aber ich kann mich gerade nicht mit meinen Problemen auseinandersetzen. Ist das ein Problem für dich?«

Wie schauen einander wütend an. Ich weiß nicht, ob wir gleich übereinander herfallen oder uns umbringen. Und erst recht weiß ich nicht, was davon mir lieber wäre.

»Vielleicht solltest du gehen. Ich will mich nicht mit dir streiten.« Vorsichtig schaue ich auf. Tränen steigen mir in die Augen. Ich will ihn nicht von mir schubsen. Ich will zurück in unsere Blase, aber die ist endgültig geplatzt.

Automatisch greife ich nach einem Kissen und umfasse es mit beiden Armen. Ich ver-grabe meinen Kopf darin und hoffe, dass Robert bleibt. Dass all das gerade nicht passiert ist.

Aber er geht.

Lässt mir meinen Freiraum.

So wie ich es von ihm verlangt habe.

Zu wissen, dass er das tut, nimmt mir eine riesige Last von den Schultern. Gleichzeitig … gleichzeitig wünsche ich mir, dass alles okay ist.

Tage vergehen, die ich mit fettigen Haaren und stets denselben Klamotten in meiner Wohnung verbringe.

Ich sitze oft vor dem Küchenfenster. Habe mir dort meinen Tisch hingeschoben und es mir mit Decken und Kis-sen gemütlich gemacht. Den Weihnachtstee rühre ich nicht an. Wenn es wieder anfängt zu schneien, beginne ich zu weinen. Bis mir all das reicht. Ich packe meine Tasche frühzeitig, buche meinen Flug um und fliege in die Hei-mat.

Meine Oma holt mich am Pittsburgher Flughafen ab. Wir essen alle zusammen Abendbrot, ehe ich mich in mein altes Kin-derzimmer verkrieche. Meine Eltern zusam-men zu sehen, ist ungewohnt, aber schön, und die vierhundert Meilen, die mich von Brooklyn trennen, geben mir ein beruhigendes Gefühl. Als wäre ich sicher. Vor mir selbst und vor dem, was dort auf mich wartet.

Weihnachten verbringe ich wie im Nebel und auch die Tage danach. Meinen Flug habe ich storniert, trinke mit meiner Oma Wein, als Raketen an Silvester in den Himmel steigen. In diesem Moment vermisse ich Robert schrecklich. Ich weiß, dass es nicht die beste Art war, ihn von mir wegzuschieben, aber ich glaube immer noch, dass es die richtige Entscheidung war.

Aber jetzt weiß ich, dass etwas fehlt. Dass Robert und Faye ebenso Familie sind und dass sie verdient haben, ein Teil meines Le-bens zu sein.

Aber ich weiß auch, dass ich diese Zeit ge-braucht habe, um mental auf die Füße zu kommen. Um alles neu zu sortieren und zu verstehen, was passiert ist.

Es ist okay, mir diese Zeit zu nehmen, denn mentale Gesundheit ist wichtig und ernst zu nehmen. Man sollte sich niemals schämen, dafür einzustehen.

Am siebzehnten Januar sitze ich morgens im Flugzeug, auf den Weg nach Hause. Zu mei-ner anderen Familie. Anders als sonst, fällt mir dieser Abschied nicht schwer. Denn in Pittsburgh ist alles in Ordnung.

In Brooklyn hoffentlich auch bald wieder.

Auf dem Flug höre ich Weihnachtsmusik, obwohl es bald fast einen Monat her ist, dass mein liebstes Fest stattgefunden hat. Dieses Jahr ist alles etwas verschoben.

Mit Last Christmas im Ohr betrete ich mei-ne Wohnung. Räume die nötigsten Dinge aus meinem Koffer und falte den Brief, den ich während des Flugs geschrieben haben. Ich muss grinsen bei dem Gedanken, dass mein Plan aufgehen könnte, dass alles okay wird, auch wenn ich weiß, dass es nicht so einfach wird.

Ich ziehe meine Schuhe an, laufe zum Café und bestelle meinen und Fayes Lieblingskaffee zum Mitnehmen.

Meine Finger zittern heftiger, je näher ich Fayes Wohnung komme. Als ich versuche, die Klingel zu drücken, brauche ich mehrere Anläufe und klingle beinahe bei den Nachbarn. Nur wenige Sekunden später er-tönt der Summer und ich habe Angst, dass mein Herz gleich aus meiner Brust springt, so schnell schlägt es.

Ich laufe hoch zu ihrer Wohnung, und als ich eine völlig verheulte Faye vor mir stehen sehe, wächst Panik in mir. Meine Aufregung ist verflogen und alles, was ich mich frage, ist, was mit ihr los ist.

Ohne länger darüber nachzudenken, gehe ich auf sie zu und schließe sie in die Arme. »Was ist los?«, frage ich, doch das geht in ih-rem Schluchzen unter.

Faye zieht mich in die Wohnung und schließt die Tür hinter uns. Ich reiche ihr einen Kaffeebecher und sie nimmt ihn entgegen, während sie sich die Tränen von den Wangen wischt.

»Ich hätte dich nicht wegschicken sollen. Es tut mir leid.«

»Das ist okay. Ich hätte wohl nicht anders reagiert.«

»Können wir wieder beste Freundinnen sein?«

»Wir waren immer welche, aber ich will dir alles er-klären und dir noch mal deutlich ma-chen, dass ich nie so gehandelt habe, weil du mir nicht wichtig warst oder ich dir nicht ver-traue«, sagt Faye mit zittriger Stimme.

»Ich weiß… « Ich lächle sie aufmunternd an.

Wir verkrümeln uns in Fayes Bett und ich trage wie-der meine geliebte Jogginghose, die ich hier deponiert habe. Wir werfen Themen wieder auf, aber als sie mir erzählt, dass sie und Finn nicht mehr miteinander spre-chen und sie das Studium abgebrochen hat, wes-wegen ihre Eltern sie tagtäglich terrorisieren, bleibt mir die Luft weg. Ich hatte ja keine Ah-nung … Mit einem Mal kommen mir meine Probleme so klein und albern vor und ich muss mich daran erinnern, dass jedes Problem und jedes Gefühl seine Berechtigung hat. Ich muss mich nicht dafür schämen.

»Ist aber auch egal«, sagt Faye abwehrend. »Was war bei dir los? Wie war es in der Heimat?«

Ich muss grinsen. »Toll, aber ich habe viel Zeit allein verbracht. Ich werde keinen Lie-besroman schreiben. Ich weiß jetzt, warum sich alle Ideen so falsch angefühlt haben. Ich möchte im Spannungsbereich schreiben. So wie all die Bücher, die ich lese. Ich glaube, deswe-gen habe ich für alle anderen nur die Rahmendaten be-stimmt und musste wild her-umdenken. Hier ist es an-ders. Alles kommt wie von selbst. Ich glaube, das passt mehr zu mir, und vielleicht hat Robert mich ein wenig dazu inspiriert.«

Faye rutscht zu mir heran.

»Ich wünschte, ich hätte so ein Glück wie du mit Ro-bert.« Das zu hören, fühlt sich falsch an. Immerhin habe ich mich seit Ewigkeiten nicht bei ihm gemeldet. Ich habe keine Ahnung, was er macht oder wie es ihm geht. Ich weiß nur, dass ich verdammt scheiße zu ihm war und dringend mit ihm reden muss, aber das ist mein nächster Schritt Richtung Besse-rung. »Er fragt mich täglich, wo du steckst und ob ich irgendetwas von dir gehört habe.«

»Ihr habt Kontakt?« Ich mustere Faye und bin über diese Tatsache mehr als überrascht. Immerhin habe ich die beiden einander nie vorgestellt.

»Finn. Der Ex seiner Schwester … das ist der Finn. Also mein Finn.«

Mein Herz bleibt einen Moment stehen. Ich habe keine Ahnung, was ich sagen soll oder wie ich reagieren soll. Auf diese Verbindung wäre ich nie gekommen.

»Warum hast du keinen Kontakt mehr zu Finn?«

Faye zuckt mit den Schultern. »Er hat mir einfach geschrieben, es wäre vorbei. Dann hat er mich blockiert.«

Ich bleibe die Nacht über bei Faye und wir reden über alles Ungesagte. Als ich sie um einen Gefallen bitte, spüre ich, wie der dunkle Stern, der zwischen uns steht, wieder über uns gezogen wird und leuchtet. Wie das Vertrauen uns be-stärkt und mir Kraft für den nächsten Schritt gibt.

Robert

Kannst du in einer halben Stunde ins Café kommen?

Ich lese Fayes Nachricht immer wieder. In-zwischen sitze ich seit einer halben Stunde hier, warum auch immer das so lang dauert. Ich frage mich, was sie will. Ob sie und Finn endlich wieder miteinander sprechen?

Auf unseren ersten Fall reagiert er auch nur spärlich. Als wäre es ihm egal. Dabei hat ihn die Geschichte des jungen Familienvaters, der an Weihnachten verschwand und kurz nach Neujahr aufgefunden wurde, genauso schockiert und mitgenommen. Je länger wir dran sind, desto stärker merken wir – oder eben ich –, dass der Fall in den Medien präsenter wird. Aber so, dass wir noch gute Chancen haben, frisches Material in die True-Crime-Welt zu bringen, das nicht schon zehnmal durchleuch-tet und mit lauter Lügen und Vermutungen breit getreten worden ist. Der Fall von Max Grant wird für mich immer etwas Besonderes bleiben.

Die Tür wird geöffnet, aber ich schaue nicht hin. Mein Blick gilt nur dem Bildschirm mei-nes Laptops, auf dem ich zwischen Blog und YouTube-Kanal hin und her switche, da ich mit dem Beant-worten der Nachrichten und Kommentare nicht hinterherkomme.

Im Augenwinkel sehe ich, wie sich jemand auf mich zubewegt. Ich schaue über die Schul-ter und erschrecke, als ich geradewegs in Car-ries blaue Augen starre. Ruckartig setze ich mich auf. Ihr Blick ist so wachsam und neu-gierig wie bei unse-rer ersten Begegnung und das Lächeln auf ihren Lippen kommt mir bekannt vor. Wie versteinert sehe ich, dass sie einen kleinen Zettel auf den Tisch legt, mich noch einmal anlächelt und dann zum Tresen verschwindet.

Fassungslos schaue ich ihr hinterher, dann auf den Zettel vor mir. Mit zittrigen Fingern falte ich ihn auseinander und fange an zu lesen.

Wir können nur fallen, wenn dunkle Sterne zwi-schen uns schweben. Ich möchte dir alles erklären, ich möchte auch eine vernünftige Be-ziehung mit dir füh-ren. Ich bestelle gerade den-selben Kaffee wie letztes Mal und in meinem Kühlschrank wartet Weißwein auf uns.

Außerdem: Ich finde dich sehr interessant und du hast mich ziemlich inspiriert. :)

Aber wer steckt hinter C.S. King?

Wenn Buchcharaktere ihr Eigenleben entwickeln ...
Seit 2019 schweben mir die Geschichten um das Milk &
Sugar im Kopf herum. Celine bedeutet mir viel.
Vielleicht ist sie das Herz dieser Reihe.
Und genau deswegen habe ich 2020 angefangen, ihre
Ideen zum Leben zu erwecken. Falling Dark Stars ist
der Anfang. Der Anfang von C.S. King.
Celines.
Secret.
Und wer ist eine große Inspiration für Sie und mich?
Richtig. Stephen King.
C.S. King
Ein öffentliches Geheimnis.
Ein Versteck, ohne etwas verheimlichen zu müssen.

Du möchtest mehr über Celine erfahren?

Dann blätter um und lese den Anfang ihrer Geschichte.

Aber achtung! Das ist der zweite Band der Lunar Beach
Reihe. Wenn du am Anfang beginne möchtest, dann
ist Deep Rain, die Geschichte von Haley und Miles
und der ersten Reihe in diese Kleinstadt am Meer das
Richtige für dich.

Ansonsten wünsche ich dir viel Spaß mit den ersten
Kapiteln aus Quiet Storm!

Hab es gut,
Henny :)

Kapitel 1

Will

Haley ist wie immer zu spät. Ich habe erwartet, dass sie wenigstens heute pünktlich kommt. Dass ihr das Treffen genauso viel bedeutet wie mir. Scheinbar habe ich mich geirrt. Ich kann die Enttäuschung nicht länger verdrängen. Ich weiß, dass ich derjenige bin, der Scheiße gebaut hat und dankbar für dieses Treffen sein sollte. Das hier ist der erste Versuch, wieder miteinander zu sprechen, nachdem die Situation so eskaliert und Haley aus Seattle abgehauen ist. Dennoch triggert ihre Abwesenheit meine Ängste, dass es nie wieder so werden wird, wie es einmal war. Vermutlich war das zu erwarten. Dennoch habe ich anders gehofft.

Mein Blick fällt auf die Uhr, die über dem Tresen des Cafés hängt. Vor einer halben Stunde wären wir verabredet gewesen.

Die Tür schwingt auf und ich versteife mich. Jetzt! Jetzt ist der Moment gekommen, auf den ich seit einer gefühlten Ewigkeit warte: Zeit mit meiner Schwester zu verbringen, nachdem wir uns so fürchterlich gestritten haben. Mich endlich persönlich erklären können, nicht nur in diesem Brief.

Doch statt Haley kommen drei Frauen hinein, lächeln mich an und setzen sich an den Nebentisch.

Allmählich verliere ich die Hoffnung.

Ob sich Haley anders entschieden hat? Doch nicht bereit ist, mit mir zu sprechen? Nur darauf wartet, dass ich wieder aus ihrer neuen Heimat Lunar Beach verschwinde, weil sie es nicht erträgt, mich hier zu sehen? Hier an diesem Ort, der ganz allein dazu diente, sich zurückzuziehen und heilen zu können.

Natürlich bin ich hier nicht erwünscht. Selbstverständlich hat sie einen Fehler gemacht, mich hierher einzuladen.

»Darf ich dir noch etwas bringen?« Mein Blick fällt auf das Namensschild der Barista: Celine.

Ich zucke zusammen, sehe hoch in freundliche braune Augen.

»Eine heiße Schokolade?« Der Satz kommt mir wie eine Frage über die Lippen, so unsicher bin ich.

»Was für eine Milch darf es sein?«

»Hafermilch gern«, erwidere ich.

»Bringe ich dir sofort!« Sie lächelt und verschwindet ebenso schnell, wie sie gekommen ist.

Mein Blick fällt zur Tür, dann durch das Fenster. Doch außer dem Regen, der gegen die Scheibe prasselt, und Autoscheinwerfern, die sich durch das gedämmte Licht kämpfen, ist nichts zu erkennen. Ich schaue wieder nach rechts und sehe, wie Celine mit Leichtigkeit einige Teller und Tassen stapelt und sie hinter den Tresen bringt, wo ihre Kollegin sie mit einem Lächeln begrüßt. Celines strahlende Augen fallen mir schon wieder auf. Geschirr klappert, die Gespräche um mich herum werden immer verwaschener. Dafür nimmt die Panik in mir stetig zu. Ohne mir des Moments bewusst zu sein, starre ich aus dem Fenster.

Was ist, wenn Haley nicht kommt?

Was ist, wenn es keine Chance mehr für uns gibt? Für die Familie, die wir einst waren, die zerbrochen ist und die wir jetzt wieder werden könnten. Für uns. Für mich und Haley.

»Bitte sehr!«

Eine Tasse wird auf meinen Tisch gestellt. Ich habe schon total vergessen, dass ich etwas bestellt habe. Ich bedanke mich, lege die Hände um das heiße Porzellan und atme auf. Die Wärme strömt in meinen ganzen Körper. Erinnerungen an eine Zeit, in der mir meine Pflegeeltern nach einem Regenspaziergang eine heiße Tasse Kakao gemacht haben, keimen in mir auf. Erst haben Haley und ich gebadet und haben dann mit dem warmen Getränk in der Hand etwas vorgelesen bekommen. Wir haben unsere Bettdecken mit ins Wohnzimmer genommen und uns aufs Sofa gekuschelt. Das waren die gemütlichsten Stunden, an die ich mich erinnere.

Ich zoome wieder aus meiner Gedankenwelt und verfolge, wie die Barista durch das Café schlendert, sich lächelnd umsieht und feststellt, dass alle Leute versorgt sind. Ihr Blick huscht zu mir und ich sehe schnell weg. An manchen, meist an den schlechten Tagen, scheue ich den direkten Blickkontakt. Wenn ich nervös bin, zum Beispiel. Doch die Wahrheit ist, dass ich Celine anziehend finde. Sie hat ein rundes Gesicht, eine kurvige Figur und ausdrucksstarke braune Augen. Sie bewegt sich mit einer Leichtigkeit durch das Café und erweckt den Eindruck, dass alles in Ordnung ist. Dass die Welt ein guter, liebevoller Ort ist. Ein Gefühl, das in direktem Konflikt zu meinen eigenen Emotionen steht.

»Wisst ihr was, Mädels?« Die Frau am Nebentisch, die mich beim Hereinkommen angegrinst hat, spricht laut und erhaben. Ich will erfahren, was sie zu erzählen hat. Immerhin muss ich mich auf etwas anderes konzentrieren, als den Fakt, dass meine Schwester nicht kommt, und so lausche ich, ohne hinzuschauen. »Was ich gestern im Fernsehen gesehen habe, das glaubt ihr mir nicht! Da ging es um Zwitter.«

Mein Blick zuckt zu ihnen. »Doch, ich habe es auch gesehen!«, erwidert ihre Tischnachbarin, die dabei ihre blonden Locken hinter die Ohren streicht.

Die ältere Dame, die das Thema angebrochen hat, malt währenddessen ihren eh schon zu dick aufgetragenen Lippenstift nach. Sie verharrt in der Bewegung und kichert. »Herrlich, oder?«

»Klärt mich auch mal jemand auf?«, fragt die Dritte im Bunde.

»Helena, dort ging es um Transgender«, stellt die ältere Dame klar und schmiert noch mehr Farbe auf ihren Mund.

»Trans-was?«, fragt Helena, die den beiden anderen gegenüber sitzt.

»Zwitter«, verdeutlicht die Lippenstift-Oma, ohne Scham, dass sie jemand hören könnte.

»Na, Männer und Frauen, die sich einbilden, sie stecken im falschen Körper«, mischt sich nun wieder ihre Sitznachbarin ein. Im Gegensatz zu den anderen trägt sie weder auffälligen Schmuck noch Make-up. Bloß einen rosafarbenen Pullover und eine Perlenkette, die schon deutlich genug zeigen, dass sie zu dieser Clique gehört.

Ich rutsche automatisch ein Stück auf der Bank hinunter, sehe in diese hochnäsig verzogenen Gesichter; bis in ihre Herzen und werde von eisiger Kälte begrüßt. Was auch immer diese Frauen besitzen, Empathie fehlt ihnen in jeder Faser. Der Wunsch, dass ihre Kommentare nicht mehr so schrecklich weh tun, besteht in mir. Ich hoffe, ich habe irgendwann emotional völlig mit meiner Transition abgeschlossen, dabei weiß ich doch, dass mein früheres Ich ewig ein Teil von mir bleiben wird.

»Aha. Und was machen die dann?«, fragt die unwissende Helena.

Die mit dem übertriebenen Lippenstift wird leiser. »Also, der eine hat sich einen Penis bauen lassen. Aus dem Unterarm. Diese Menschen lassen sich ein Stück Haut aus ihrem Arm schneiden und bilden sich dann ein, dass das ein echtes Genital ist. Total verrückt.«

Hastig sehe ich weg. Mir wird schlecht. Mein Herz pocht unerträglich. Die Umgebung nehme ich kaum wahr. Lediglich ihre Gesprächsfetzen drängen in mein Ohr. Dabei presse ich meine vom Kakao gewärmte Hand auf meinen Unterarm.

»Die Jugend von heute, … bei uns hätte es so was nicht gegeben.«

»Also ich finde, es sollte verboten werden.«

»Ob man das kann?«, fragt Helena vorsichtig.

»Ja, müssen wir doch! Wo soll das denn enden?!«

Ihre Stimmen werden eins, ich kann sie kaum noch unterscheiden. Meine Brust schnürt sich zu.

Ein Schnauben erklingt im Raum, was mich hochblicken lässt. Ein junges Paar dreht sich zu den feinen Damen um. Die Frau schüttelt mit dem Kopf und lässt einen entsetzten Seufzer entweichen, doch das bemerken sie gar nicht. Aber mir fällt es auf und durch diesen kleinen Hoffnungsschimmer, dass auch Fremde die Ansichten dieser Frauen zuwider finden, kann ich durchatmen.

Ich bin nicht allein. Ich bin nicht allein und ich bin okay so, wie ich bin. Jedenfalls versuche ich mir das einzureden.

»Und … und kann man das irgendwie heilen?«, fragt diese Helena.

»Du meinst wie bei den Schwulen? Unserer Gesellschaft würde es gut tun.«

»Dann gibt es endlich mal wieder richtige Männer!«, witzelt die Lippenstift-Oma, nur das es in Wahrheit eine absolut problematische Ansicht ist. Was ist schon ein richtiger Mann?

Einvernehmendes Lachen erklingt.

Celine kommt auf meinen Nebentisch zu, an dem die Frauen sitzen und ich sehe weg, starr geradeaus auf die Wand vor mir. Ich drücke meine Hand kräftiger um meinen Unterarm, drücke meine Nägel in mein Fleisch. Warum kann dieser Schmerz jenen in meinem Herzen nicht übertreffen? Die Gänsehaut aus Verachtung und das flaue Gefühl im Magen sind nicht zu vertreiben. Ich zittere am ganzen Körper. Immer, wenn ich eine Zeit lang nur mit meinen Freund*innen zusammen war, die sich teils selbst als queer bezeichnen oder jedenfalls Allys sind, und die Außenwelt abgeschottet habe, fällt es mir schwer, in die Gesellschaft zurückzufinden. Leute, wie diese drei Frauen, sorgen immer und immer und immer wieder dafür, dass ich mich für mich selbst schäme. Dass ich mich für meinen Körper schäme. Dass ich mich für meine Identität und meine Vergangenheit schäme.

Das Rauschen in meinen Ohren wird lauter. Panik steigt in mir auf und ich höre entfernt, wie Celine und ihre Besucherinnen anfangen, miteinander zu sprechen.

Ich will das nicht mehr.

Ich kann das nicht mehr.

Ich halte das nicht mehr länger aus.

Ruckartig drehe ich meinen Kopf wieder nach rechts, stelle mich der Realität, in der Hoffnung, dass ich sie ertrage.

»Nein, ich möchte jetzt nicht mit Ihnen diskutieren«, sagt Celine, die sich vor dem Tisch mit den drei Frauen aufgebaut hat. »Wenn Sie so umsichtig wären, hätten Sie sicherlich das Schild an der Tür gesehen: Das ist ein Café, in dem sich jeder willkommen fühlen soll. Auch queere Menschen. Und solche Gespräche, wie Sie sie führen, haben hier nichts verloren. Ich bin mir sicher, dass Sie sich nicht einmal ausmalen können, was solche Worte in Betroffenen auslösen können. Daher muss ich Sie jetzt bitten, zu gehen.«

Fassungslos sehe ich die Barista mit den schönen Lippen und freundlichen Augen an.

»Also ... Unerhört!«, sagt die mit dem dick aufgetragenen Lippenstift.

Die Barista mit dem süßen Pony und der warmen Ausstrahlung hat etwas Elegantes und gleichzeitig Machtvolles in ihrem Blick. Sie sieht aus wie eine Königin, eine Kriegerin, und sie auf meiner Seite zu wissen, macht mir Mut.

Ich will es endlich aussprechen.

Ich will es endlich sagen.

Ich will mir so etwas endlich nicht mehr gefallen lassen.

Tränen laufen über meine Wangen und ich lasse es zu.

Nur passiert nichts. Niemand steht auf. Niemand scheint sich zu rühren.

Keine der drei Frauen scheint ernst genommen zu haben, was Celine soeben gesagt hat.

Weil es keinen interessiert, was du fühlst, drängt sich die Stimme in meinem Kopf in den Vordergrund und meine Mauer stürzt endgültig ein. Ich schluchze, springe von der Bank auf und eile um den Tisch herum. In langen Schritten gehe ich zur Tür und habe das Gefühl, nicht mehr atmen zu können, als ich draußen auf dem Gehweg stehe. Meine Füße tragen mich nach rechts, dann mache ich kehrt, laufe wieder nach links. Meine Hände habe ich zu Fäusten geballt und wenn ich könnte, dann würde ich gern laut schreien. Und gleichzeitig weinen. Am liebsten hätte ich meinen Mund aufgemacht und diesen Frauen gesagt, wie sehr mich ihre Worte verletzen, doch ich konnte es nicht ... Vielleicht werde ich es nie können. Niemals zu mir selbst stehen und mich vor solchen Personen schützen können. Vielleicht werde ich mich immer so machtlos fühlen müssen. Wie ein Freak.

Vielleicht bin ich es auch einfach – ein Freak. Verrückt, wie sie es genannt haben.

Weil ich mir selbst nicht eingestehen kann, dass es da mal ein anderes Ich außer Will gab.

Mein Körper beginnt wieder zu beben. Ich zittere und wehre mich innerlich gegen das, was gerade passiert ist. Meine Füße tragen mich zur Hauswand, gegen die ich mich mit dem Rücken lehne. Nur geben meine Knie nach und kurz darauf hocke ich mich hin. Die Schwere meiner nassgeregneten Kleider gibt mir das Gefühl, als könne ich niemals wieder aufstehen. Mein Atem geht stockend. Ich schluchze, ziehe die Nase hoch und überlege, mir ein Taxi zu rufen, das mich auf dem schnellsten Weg nach Seattle bringt, ganz gleich, wie viel das kosten mag. Da höre ich Haleys Stimme aus der Ferne.

Celine

»Bitte verlassen Sie jetzt das Café.« Die Tür fällt hinter Will zu.
Eine der drei Frauen sieht mich mit frech hochgezogenen Brauen an
und funkelt herausfordernd. »Wir sind ebenfalls zahlende Gäste. Sie
können uns nicht rausschmeißen.«
»Doch. Sie gefährden die Sicherheit anderer Gäste und deswegen
müssen Sie leider unseren Laden verlassen.«
»Wen gefährden wir denn? Wir haben doch nichts gemacht!«, pro-
testiert dieselbe Frau.
»Lass gut sein!«, mischt sich eine der anderen ein. Sie trägt einen
rosafarbenen Pullover und eine Perlenkette. Als einzige der drei ist
sie nicht geschminkt und wirkt, als würde sie nicht völlig zu dieser
Truppe gehören.
Mein Blick huscht für einen Moment hinaus. Will läuft nervös auf
und ab. Draußen regnet es in Strömen. Die Jeans und sein schwarzes
Hemd kleben an seinem Körper. Seinem muskulösen, durchtrainier-
ten Körper, den ich schon das ein oder andere Mal auf Instagram be-
wundert habe. Ich blinzle schnell, ermahne mich in Gedanken selbst
und richte meinen Blick erneut auf die feinen Damen, die vor mir
sitzen.
»In einem so grausigen Café mit so schlechter Bedienung, da will ich
meine wertvolle Zeit wirklich nicht verbringen«, sagte die Lippen-
stift-Lady mit dem roten Rand um ihren Mund herum und trinkt
hastig den Kaffee aus. So viel zu dem Kommentar über das grausi-
ge Café. Der Kaffee schmeckt sicherlich fürchterlich, wenn man ihn
sich kurz vor knapp den Rachen hinunterstürzen muss.
Ich sage nichts mehr, sondern presse die Lippen aufeinander und
beobachte, wie die Frauen aufstehen, ihre Jacken anziehen und ihre
Taschen schultern. Sie brabbeln vor Empörung vor sich hin, doch
ich ermahne mich selbst, nichts mehr zu sagen. Das würde nichts
bringen. Ich kann ihre Meinung über queere Personen nicht ändern,
aber ich brauche auch nicht dulden, dass sie das Café meiner Familie als Treffpunkt nutzen, um solche Ansichten zu verbreiten oder
zu festigen.
In diesem Fall wusste ich, dass ein Transmann hier ist. Ich kenne
Wills Geschichte ein wenig, weil Haley in der Zeit, in der sie in Lunar Beach wohnt, zu einer Freundin geworden ist und mir anver-
traut hat, warum sie aus Seattle abgehauen ist. Viele kleine Dinge
haben dazu geführt, aber besonders der Streit zwischen ihr und
Will. Will ist in dieser Geschichte vielleicht der Böse. Aber Haleys

sonstige Erzählungen über ihn, ihre Verbundenheit und die Päckchen, die er zu tragen hat, lassen mich in dem Glauben, dass er nicht böse ist. Möglicherweise ist er nur gekränkt. Die Reaktion seines Körpers, das Zittern und Beben, der leere Blick und die Tränen, haben ganz deutlich gezeigt, dass er das ist: verletzt.

Meine gelegentlichen Besuche auf seinem Instagram-Profil haben nur noch mehr dafür gesorgt, dass ich eine gewisse Empathie für ihn entwickelt habe. Vielleicht ist es aber auch Interesse. Ich finde ihn gut. Könnte mir gut vorstellen, ihn zu daten. Sollte das schief laufen, könnte ich ihn zu einem meiner Buchcharaktere machen, aber diese Gedanken sind völlig deplatziert, während ich beobachte, wie diese Hexen das Milk & Sugar verlassen. Sie öffnen ihre Regenschirme und mein Blick fällt auf Will, der sich gegen eine Wand lehnt. Ich greife auf den Tisch vor mir nach den ersten Kaffeebechern und Kuchentellern, während ich in Gedanken abwäge, ob ich nicht Haley anrufen sollte. Ich weiß, dass die beiden heute verabredet sind und ich frage mich, wo sie bleibt.

Die Frauen sind verschwunden und um sicherzugehen, dass nichts an den Besuch von ihnen erinnert, mache ich mich daran, ihr Geschirr nach hinten zur Spülküche zu bringen. Ich beeile mich, um vorne sein zu können, wenn Haley - hoffentlich mit Will - das Café betritt, falls sie mich brauchen. Doch gerade, als ich erneut durch die Pendeltür trete, sehe ich, wie die Geschwister im Regen stehen und ganz offensichtlich streiten.

Will fuchtelt wild mit den Armen, während Haley ihm fassungslos gegenüber steht. Wie angewurzelt verharre ich hinter|dem Tresen. Haley macht einen Schritt auf Will zu, doch dieser geht rückwärts und macht auf dem Absatz kehrt. Er läuft vor Haley weg und sie sieht ihm nur nach. Einige Sekunden verharre auch ich noch. Aufgrund der Entfernung bin ich mir nicht sicher, aber ich meine, Haleys Schultern beben zu sehen. Sie hält sich die Hände vors Gesicht und bleibt im Regen stehen. Meine Sorge um sie und auch um Will wächst ins Unermessliche und übernimmt die Oberhand.

Schnellen Schrittes durchkreuze ich unser kleines Café, trete aus der Tür und trabe auf Haley zu. Der Regen setzt sich kalt auf meine Haut. Der Pony klebt mir feucht an der Stirn und dicke Tropfen auf meinen Brillengläsern verschleiern mir die Sicht.

Ich umfasse Haleys Schultern und ziehe sie an mich.

»Was ist passiert?«, frage ich.

»Genau das gleiche wollte ich dich auch fragen.« Haleys Stimme klingt kraftlos.

»Komm, wir gehen erst einmal rein«, fordere ich sie auf und ziehe sie mit mir Richtung Tür.

Haley folgt mir stumm. Im Café angekommen liegen die Blicke der anderen Gäste auf uns, doch ich versuche, sie so gut es geht, zu ignorieren. Jess, eine unserer Mitarbeiterinnen und Freundin von mir, steht hinter dem Tresen und sieht uns besorgt an.

»Wir würden einen Augenblick nach oben in meine Wohnung verschwinden«, sage ich zu ihr. »Hast du hier alles im Griff? Magst du sonst meiner Mom Bescheid geben? Sie ist im Büro.«

Jess nickt und schenkt Haley ein warmes Lächeln. »Geht ihr mal. Ich komme hier klar.«

»Danke«, sage ich zu Jess, ehe ich Haley vor mir durch die Pendeltür schiebe und sie zum Treppenhaus leite. Sie kennt den Weg zu meiner Wohnung und hält sich am Geländer fest. Ich löse die Hände von ihren Schultern und folge ihr.

Wir passieren den ersten Stock, wo sich unser Aufenthaltsraum, das Büro meiner Mom und ihre Wohnung, ehemals auch mein Zuhause befinden. Vor einem Jahr habe ich sie überreden können, dass ich alt genug bin, um in die Wohnung über unserer zu ziehen, die wir zuvor vermietet hatten. Dort habe ich nun mein Reich. Jedenfalls dann, wenn ich mal dazu komme, Zeit dort zu verbringen. Viel mehr ist es der Palast meines Katers Harry, der sicherlich heimlich meine Bücher liest, während ich unten im Café schufte.

Oben angekommen öffnet Haley die Wohnungstür und tritt ein. Ich schließe sie hinter ihr und als ich mich umdrehe, steht Harry im Flur und sieht uns mit großen Augen an. Als wäre er erschrocken, dass er nicht länger ungestört ist. Beinahe vorwurfsvoll blickt er drein.

Haley ist bereits aus ihren Doc Martens geschlüpft, als sie vor ihm in die Hocke geht.

»Hey Mr. Styles«, begrüßt sie ihn und Harry drückt sich schnurrend gegen ihr Bein.

Haley macht sich gern darüber lustig, dass ich meine Katze nach dem Sänger Harry Styles getauft habe. Doch solange es sie zum Lachen bringt, lasse ich den Spott über mich ergehen.

Sie richtet sich wieder auf, als auch ich die Schuhe und die Schürze ausgezogen habe. Haley geht in mein Wohnzimmer, Harry folgt ihr und hüpft neben ihr aufs Sofa. Normalerweise ist er etwas scheuer, aber ich bin mir sicher, dass er spürt, dass es ihr nicht so gut geht.

»Soll ich uns erst einen Tee kochen?«, frage ich Haley. Sie zieht sich eine Wolldecke über ihre Beine. Einige Stellen des Stoffes zeichnen sich dunkler ab, als andere. »Oder vielleicht erst etwas Trockenes zum Anziehen?«

Sie schüttelt den Kopf. Weil ich inzwischen weiß, dass es nicht viel bringt, mit Haley zu diskutieren, setze ich mich ebenfalls auf das Sofa. Auch wenn ich es mir nicht so gemütlich mache, wie sie. Dafür bin ich im Moment zu unruhig.

»Was ist im Café passiert?«, fragt Haley. Es liegt keine Betonung in ihrer Stimme. Wie ein monotones Blechern.

Ich erzähle ihr von dem Gespräch der Frauen. Die Art, wie Will bereits aufgelöst auf der Bank saß und man ihm ansehen konnte, wie seine Fassade mit jedem ihrer Worte mehr Risse bekam. Wie zerstört er aus dem Café gestürmt ist.

Nun muss sie mir erzählen, was draußen passiert ist.

»Ich glaube, mein Körper hat auf Durchzug gestellt. Er war aufgebracht und gleichzeitig nervös und tief traurig und hat so viel gesagt. Nur sind seine Worte in meinem Kopf ein Ball aus Rauschen. Wie ein falsch eingestellter Radiosender. Er hat mir Vorwürfe gemacht und sich selbst. Vielleicht hätte ich ihn trösten sollen, aber ich bin nicht aus meiner Haut gekommen. Ich konnte nicht auf ihn zugehen. Er hat gesagt, er braucht Abstand, nur habe ich gemerkt, dass genau das Gegenteil der Fall war. Er brauchte Nähe und vielleicht auch mich.«

Während Haley erzählt, sieht sie mit leeren Augen auf Harry, der es sich auf ihrem Schoß bequem gemacht hat und sich von ihrer Streicheleinheit verwöhnen lässt.

»Ich habe nur gesehen, wie er die Straße hinunter gelaufen ist«, sage ich und Haley blinzelt.

»Er kennt sich hier nicht aus. Ich mache mir Sorgen, wo er jetzt hin ist«, sagt sie und richtet den Blick zum Fenster. Ich höre, wie die dicken Regentropfen noch immer gegen die Scheiben prasseln. Einen so verregneten August hatten wir schon lange nicht mehr.

»Vielleicht solltest du ihn anrufen.«

»Ich weiß nicht, ob ich das kann«, erwidert Haley wie aus der Pistole geschossen.

»Aber du machst dir Sorgen? Als wir uns gestern unterhalten haben, meintest du, dass du ihm gern verzeihen und einen Neuanfang wagen möchtest, richtig? Ich weiß, dass das sehr viel Stärke brauchen wird, aber ich weiß auch, dass du die hast. Haley, dein Bruder wurde gerade Opfer von Transfeindlichkeit. Auch ihm fällt das hier schwer. Vielleicht solltest du einen Schritt auf ihn zugehen?«

Sie nickt. Doch dann regt sie sich nicht mehr.

»Möchtest du ihn anrufen? Ihm Schreiben?«

»Könntest du ihn für mich anrufen und fragen, ob alles okay ist?«

Zum ersten Mal an diesem Tag sieht Haley mich direkt an. Eine Gänsehaut jagt mir über die Arme, als ich den Schmerz in ihrem Blick erkenne. Das Herz schlägt mir bis zum Hals. Ich soll mit Will telefonieren? Dem Will? Es fiel mir vorhin ja schon schwer, meinen Job in seiner Anwesenheit zu machen.

»Wenn dir das hilft, dann ja.«

»Danke.« Haley zieht ihr Handy aus der Tasche, tippt darauf herum und reicht es mir. Als ich es entgegen nehme, sehe ich den geöffneten Kontakt mit dem Namen Will. Dahinter hat sie ein Herz-Emoji gesetzt. Irgendwie berührt es mich, dass Haley das trotz des Konfliktes zwischen den beiden nicht geändert hat.

»Soll ich ihn etwas Bestimmtes fragen? Ihn um etwas bitten? Willst du ihn heute noch einmal sehen und mit ihm sprechen?«

»Ja. Ja, eigentlich schon, aber-« Geduldig warte ich, bis sie weiter spricht. »Wenn er das noch möchte, dann möchte ich das auch. Aber erstmal möchte ich wissen, dass er nicht länger durch den Regen läuft.«

Ich nicke, nehme meinen Mut zusammen und wähle die Nummer. Eine Weile vergeht, bis der Anruf entgegengenommen wird. Ich habe den Lautsprecher angeschaltet und kurz darauf ertönt Wills Begrüßung.

»Hey, hier ist Celine. Aus dem Café Milk & Sugar. Ich bin eine Freundin von Haley. Sie ist gerade bei mir und fragt sich, wo du gerade bist.«

Ruhe. Ich ärgere mich, das Café erwähnt zu haben, weil ihn das sicherlich triggert.

»Ich bin in der Umkleide irgendeines Kleidungsladens und ziehe mir die trockenen Sachen an, die ich gerade gekauft habe.«

Ich schaue zu Haley und warte ihre Reaktion ab. Doch die folgt nicht. Ihr Blick ist wieder starr auf meinen Kater gerichtet.

»Dann bist du noch in Lunar Beach. Das ist gut. Bist du bereit dazu, dich mit Haley zu treffen? Damit ihr miteinander sprechen könnt?«

Schon wieder ist es ruhig.

»Ja. Ja, sehr gern würde ich mit ihr sprechen.« Pause. »Aber ich muss das von eben etwas sacken lassen.«

»Das ist okay, Will«, sagt Haley, ohne aufzusehen.

»Heute Abend?«, fragt er.

»Ja«, antwortet Haley ihm und ich habe das Gefühl, überflüssig zu sein.

»Ich würde dir noch einmal schreiben«, sagt Will.

»Okay«, krächzt Haley heiser.

Will legt auf. Ich sperre das Handy, lege es auf meinen Wohnzimmertisch und richte den Blick auf Haley. Augenblicklich fängt sie an zu weinen und ich nehme sie in den Arm.

Kapitel 2

Will

Nachdem ich mir trockene Klamotten gekauft habe, habe ich mich in ein naheliegendes Restaurant gesetzt. Mit in die Stirn gezogener Kapuze und Kopfhörern auf den Ohren, durch die Harry Styles mir wieder und wieder erzählt, dass ich aufhören sollte, zu weinen, habe ich dagesessen, Pommes gegessen und mich in Raum und Zeit verloren. Die anderen Leute haben mich komisch angeschaut, doch das war mir egal. Ich habe gedacht, dass es wichtig ist, in dieser Kleinstadt einen guten Ruf zu haben, weil das ja immerhin die Wahlheimat meiner Schwester ist und ich sie hier nicht blamieren möchte. Doch nach dem, was in dem Café Milk & Sugar passiert ist, ist es mir so scheiß egal, was die Leute von mir denken.
Immerhin bin ich eine Transe, ein Zwitter, ein Freak. Viel zu retten ist da nicht mehr. Also kann ich mich wie ein Idiot benehmen, während ich Pommes essend mit angewinkelten Beinen auf dem Stuhl sitze und hinaus aufs Meer starre. Ich war noch nicht oft am Meer und habe es mir immer unfassbar aufregend vorgestellt. Gerade trübt mich nichts so sehr, wie dieses ewige Grau, das im Horizont verschwindet. Alles in Lunar Beach ist trostlos und ein wenig verlassen. Viel ist hier auf den Straßen nicht los. Warum meine Schwester ausgerechnet hierher geflohen ist, verstehe ich nicht. Vielleicht brauche ich das aber auch gar nicht. Was soll das schon bringen? Ich spüre selbst, wie ich wieder in diese Abwärtsspirale rutsche, die mich in den letzten Wochen stetig begleitet. Ich fühle mich schlecht für das, was ich getan habe und noch schlechter, weil ich nichts mehr dagegen tun kann. Es wird alles nur schlimmer, egal, was ich versuche.
Gerade, als ich völlig in Selbstmitleid versinken möchte, vibriert mein Handy in der Hosentasche. Miles Name leuchtet mir entgegen. Der Freund meiner Schwester war in den letzten Wochen erstaunlich diplomatisch. Ich hätte damit gerechnet, dass er sich auf Haleys Seite schlägt und mich verteufelt. Aber viel mehr war er ein Sprachrohr und ein Vermittler. Eine Stütze; auch für mich.
Ich nehme seinen Anruf entgegen.
»Hey Mann! Ich habe weder von Haley noch von dir etwas gehört. Ist alles okay bei euch?«, fragt er mich und ich erzähle knapp und mit gedämpfter Stimme, was passiert ist.
Miles macht mir Mut und versichert mir, dass alles okay werden wird. Mit seinen Worten im Ohr, finde ich die Kraft, den Chatverlauf

mit Haley zu öffnen. Dabei denke ich nur daran, wie dankbar ich dafür bin, dass Haley oder eher Celine vorhin angerufen haben. Insgeheim ist mir mein Gefühlsausbruch ziemlich peinlich vor Celine und allen anderen im Café, aber eben besonders vor Celine. Ich finde sie süß. Aber da sie eine Freundin meiner Schwester ist, wird sie sicherlich nichts von all der Scheiße wissen, die in meinem Leben so passiert und daher kein Interesse an mir haben. Vermutlich wird sie das nie haben oder gehabt haben oder haben können, da ich trans bin. Das hat die meisten anderen vor ihr auch abgeschreckt. Also sollte es mir egal sein, was sie von mir weiß und was sie über mich denkt. Nur ist es das leider nicht.

Augenblicklich frage ich mich, ob sie alle Leute aus ihrem Café schmeißt, die sich queerfeindlich äußern. Das fände ich unglaublich sexy. Ob sie vielleicht selbst queer ist? Oder ihre Eltern? Freund*innen?

Ich bin genervt von mir selbst, als ich mich dabei erwische, wie ich über eine junge Frau nachdenke, bei der ich sicherlich keine Chance habe, statt mich auf das Wesentliche zu konzentrieren: Haley eine Nachricht zu schreiben.

Während ich mit Miles telefoniert habe, hat es aufgehört zu regnen und die Sonne ist zwischen den Wolken hervorgekommen. Als wäre das ein Zeichen.

Ich ermahne mich selbst, nicht lange zu zögern und beginne, zu tippen.

Will: Hey. Wie sieht es aus?

Haley: In einer Stunde am Strand? Celines Familie hat einen Strandkorb. Da können wir uns hinsetzen. Ich hoffe, das Wetter hält.

Will: Schickst du mir den Standort?

Haley: Ja.

Ich bestelle mir noch einen Kaffee, der viel zu bitter ist und den ich trotzdem trinke, weil ich den Kick des Koffeins brauche. Ich gehe im Lokal noch einmal aufs Klo, ehe ich zahle und mit meinem durchnässten Stoffbeutel das Restaurant verlasse. Einer der Kellner mustert mich erneut argwöhnisch. Ich versuche, das zu ignorieren. Haley und ich haben erst vor einer halben Stunde geschrieben. Doch da das Lokal direkt am Meer liegt, brauche ich nur die Straße zu überqueren und bin mehr oder weniger an unserem Treffpunkt, auch wenn der Strand hier größer scheint, als nur ein paar Meter. Das bedeutet, dass ich abwarten muss, bis Haley mir genauer sagt, wo ich hinkommen soll. Ich setze mich auf eine Steinkante und habe direkt wieder einen nassen Hintern. Normalerweise rauche ich nur, wenn ich trinke. Auch das ist schon eine Weile her. Seit Haley weg ist, hat sich alles verändert.

Vielleicht überkommt mich deswegen der Wunsch, mir jetzt eine Zigarette anzustecken: Weil mich das an früher erinnert. An eine Zeit, in der nichts okay, aber alles ein bisschen besser war, weil ich sie an meiner Seite hatte. Haley. Meine Schwester. Nicht leiblich, aber ehrlich. Sie hat unsere Pflegefamilie verlassen, als es mir schlecht ging. Ohne zu zögern, ist sie mir gefolgt. Sie hat sich mindestens genauso sehr mit meiner Transition beschäftigt, wie ich es getan habe. Sie hat mich unterstützt, mir mit Rat und Tat zur Seite gestanden und die Welt nicht zusammenbrechen lassen.

Und was mache ich?

Ich hintergehe sie.

Hinter ihrem Rücken habe ich Kontakt zu unseren Pflegeeltern aufgenommen. Bei dem Part, der ihr am meisten bedeutet hätte, habe ich gehandelt, ohne sie einzubeziehen.

Ich schäme mich für dieses Verhalten. Sehr. Aber ich bin auch dankbar und froh darüber, dass sie mir die Chance gibt, mich zu erklären. Nur jetzt, wo ich kurz davor bin, die Wahrheit auszusprechen, bekomme ich schon wieder Bauchschmerzen. Was ist, wenn sie mir nicht verzeiht? Wenn sie doch nicht versteht, warum ich gehandelt habe, wie ich es eben getan habe. Immerhin tue ich das so oft selbst nicht.

Ich laufe wieder auf die andere Straßenseite und betrete den kleinen Supermarkt neben dem Restaurant. Dort kaufe ich mir eine Packung Marlboro und ein Feuerzeug. Anschließend kehre ich zu der Steinmauer zurück und setze mich. Ich stecke mir eine an und spüre die Leidenschaft der Unvernunft. Ich sollte das hier nicht tun. Es tut weder mir, noch der Umwelt oder den Menschen gut, die diese Scheiße hier produzieren müssen. Nur findet ein perverser, böser Teil von mir es gut, mir den Rauch in die Lunge zu ballern und mir vorzustellen, dass mal wieder eine Party in der WG stattfindet und mein Verstand und all der Schmerz in meinem Leben in ein paar Stunden von Alkohol betäubt ist.

Der Rauch brennt in meiner Lunge, doch ich genieße es mit jedem Zug.

Ich glaube, wir waren eine Alkohol-WG, wie es viele Wohngemeinschaften sind. Erst durch Haleys Verschwinden ist mir das bewusst geworden.

Genau in diesem Moment kündigt mein Handy eine neue Nachricht an. Augenblicklich ziehe ich es aus meiner Hosentasche. Haley hat mir einen Standort geschickt, keine Worte dazu. Ich klicke den Link an und schalte das Navi ein. Ich werde weiter Richtung Süden geführt. Im Vorbeigehen drücke ich die Zigarette in einem Aschenbecher aus. Dann folge ich der Ansage zehn Minuten lang. Für mich sieht es genauso aus, wie an dem Stück Strand, an dem ich auf Haleys Nachricht gewartet habe.

Verunsichert sehe ich mich um. Dann entdecke ich meine Schwester, wie sie ein Holzgitter aus einem der Strandkörbe hebt. Sie hat noch keine Notiz von mir genommen und ich genieße es aus irgendeinem Grund, sie zu beobachten, ehe sie mich bemerkt. Wie angewurzelt stehe ich auf den roten Pflastersteinen. Ich schlucke und mit einem Mal hebt auch Haley den Kopf. Ihre Schultern sinken herab, ihre Gesichtszüge entgleiten. Fassungslos schaut sie mich an, als wäre ich ein Geist, mit dem sie nicht gerechnet hätte. Als wäre ich von einem anderen Planeten.

Da wären wir also wieder beim Freak.

Ich hasse mich selbst für diese Gedanken, kann sie aber nicht abstellen.

Eine Gefühlslawine überrollt mich. Scham, Schuld, Sehnsucht und ein Ball aus Schmerz brechen über mich ein. Ich halte die Luft an. Am liebsten möchte ich wegrennen und so tun, als würde all das hier nicht passieren. Als wäre ich kein Arschloch, wünschte, ich hätte keinen Fehler gemacht und könnte sorgenfrei auf meine Schwester zugehen und sie in den Arm nehmen, weil sie mir so fehlt. Doch all die anderen Gefühle hemmen mich völlig. Meine Schritte sind schwer und zögerlich, als ich durch den feinen Sand zu ihr trete. Haley rührt sich nicht und tut es auch dann nicht, als ich wenige Meter vor ihr stehen bleibe.

Ich bemerke die Handtücher, die zu ihren Füßen liegen. Ob sie schwimmen gehen wollte? Bestimmt nicht. Ich mustere meine Schwester. Sie sieht anders aus. Sanfter. Zwar liegen ihre Doc Martens im Sand, nur trägt sie kein weites Bandshirt und keine etwas zu knappe Shorts, sondern einen Wollpullover und eine Hose, die ihr bis zur Mitte der Oberschenkel reicht. Kein Bikini-Oberteil sucht sich seinen Weg aus ihrem Shirt. Ihre Gesichtszüge sind hart. Sicherlich dem Gespräch geschuldet, das uns beiden nun bevorsteht. Es liegt auch kein auffälliges Make-up auf ihrem Gesicht, das sie so oft aufgelegt hat, wenn ihr ein schwerer Schritt bevorstand. Ich bin mir sicher, dass sie sich nicht gewünscht hat, dass ich das bemerke, doch das habe ich in all den Jahren getan. Genauso wie den Fakt, dass sie in Momenten des Zweifelns immer Joan Jett gehört hat, um sich zu pushen.

Ich kenne meine Schwester.

Ich liebe sie.

Ich weiß mehr über sie, als über mich selbst und ich bin der größte Idiot, dass ich diese Verbindung zwischen uns beiden so leicht aufs Spiel gesetzt habe. Wie auch immer ich das angestellt habe.

»Haley«, entfährt es mir ziellos. Ich weiß nicht, was ich sagen soll. Weiß nicht, was jetzt richtig ist, aber ich weiß, dass es an der Zeit ist, etwas zu tun und nicht länger zu warten.

Sie blinzelt schnell, wendet den Blick ab und macht sich daran, die Handtücher zu ihren Füßen auf die Sitzfläche des Strandkorbes zu legen. Starr verharre ich in der Bewegung, statt ihr zu helfen. Der Fakt, dass sie mir nicht geantwortet hat, verunsichert mich und gleichzeitig weiß ich, dass ich ihr das nicht verübeln kann.

Meine Schwester setzt sich hin und ohne auf ihre Antwort zu warten, tue ich es ihr gleich. Ein Moment nach dem anderen verstreicht. Für eine Weile mustere ich Haley. Dann richte ich den Blick hinaus aufs Meer und werde mir der Schönheit der Kulisse bewusst.

Am Horizont nähert sich die Sonne der Wasseroberfläche. Im Hintergrund höre ich das Kreischen der Möwen. Das Rauschen des Meeres. Ich atme die frische Luft ein und spüre doch, wie sie nicht richtig anzukommen scheint. Das flaue Gefühl in meinem Magen lenkt mich zu sehr ab.

»Wie geht es dir? Celine hat erzählt, was passiert ist.«

Ich versteife mich noch mehr und spüre, wie mir unsäglich schlecht wird. Haley sollte nicht diejenige sein müssen, die einen Schritt auf mich zumacht. Ich sollte das Gespräch führen, sollte ihr sagen, warum ich getan habe, was ich nun mal getan habe. Nur schaffe ich das nicht.

Also zucke ich mit den Schultern und spreche aus, was ich denke: »Es tut weh. Es tut so verdammt weh und ich weiß nicht, wie ich jemals in Frieden leben kann, ohne das die Leute mir das Gefühl geben, dass etwas mit mir nicht stimmt. Das mir ewig gesagt wird, falsch zu sein. Aber ich werde damit leben müssen, für alle ein Freak zu sein.«

»Das bist du nicht!«, platzt es aus Haley heraus. Ich schaue zu ihr. Ihre Wangen sind gerötet. Tränen glänzen in ihren Augen und ich wünschte, sie würde diesen Schmerz für mich und meine Geschichte nicht fühlen, sondern für sich selbst einstehen. Sie sollte mit niemandem Mitleid haben, der sie so behandelt hat. Und genau deswegen kann ich ihre Worte nicht ernst nehmen. Weil sie sie nicht aussprechen sollte. Weil ich jetzt an der Reihe bin.

»Lass das bitte«, ermahne ich sie. »Du solltest nicht nett zu mir sein.«

»Warum sollte ich nicht nett zu dir sein?«, fragt Haley, doch ich schaue sie nur mahnend an. Ihr Blick ist voller Schuld. Ich weiß, sie kennt die Antwort.

»Dafür sind wir nicht hier.« Ich drehe mich im Strandkorb ein Stück zu ihr und mustere meine Schwester. Schon wieder. Ich kann nicht glauben, dass sie hier vor mir ist. Aus der Nähe bemerke ich die dunkeln Augenringe und roten Augen. Dieser gesamte Tag und die Situation scheinen genauso an ihr zu nagen wie an mir.

»Dein Brief.« Haley zieht das weiße Stück Papier aus der Tasche. Ich habe mir so viel Mühe gegeben, dass dieses Schriftstück keine Knicke oder Dreck abbekommt. In Haleys Hand sieht er lebendig aus. Als hätte sie ihn in jeglichen Momenten erneut gelesen und ihn studiert.

»Da steht drinnen, dass es dir leid tut. Dass du auch für mich gehandelt hast.« Sie schluchzt. Ein wahlloses Geräusch, weil ihre Miene noch immer so abgeklärt und etwas kühl aussieht. Als hätte sie sich an diesen Schmerz in ihrer Brust gewöhnt. »Aber wenn es auch für mich war, warum hast du mich nicht teilhaben lassen? Immer, wenn wir über die Familie Goldberg geredet haben, habe ich gesagt, dass sie mir fehlen. Dir kam das nie über die Lippen. Warum nimmst du dann Kontakt zu ihnen auf, wenn sie dir doch eigentlich egal sind?«

»Sie sind mir nicht egal. Das ist ja der Punkt bei dem Ganzen.« Ich hole tief Luft, ehe ich ausspreche, was mich so sehr verletzt: »Sie haben nicht akzeptiert, wer ich bin. Nur deswegen musste ich damals weg von ihnen. Wenn wir geblieben wären, hätte ich diesen so notwendigen Schritt in meinem Leben nie überstanden. Dann wäre ich noch immer Mila und nicht Will.«

Haley zieht scharf die Luft ein. Ich weiß warum. Ich habe diesen Namen ausgesprochen. Den, der gestorben ist. Nur hatte ich das Gefühl, das tun zu müssen, damit sie versteht, wie ernst mir das hier ist.

»Aber mit unserem Verlassen der Familie ging es dir schlecht. Du hast es trotzdem gemacht. Für mich. Und genau deswegen musste ich vorgehen. Ich musste auf Max und Isabell zugehen. Ich musste wissen, dass mein wahres Ich endlich sicher bei ihnen ist. Ich musste mich mit ihnen aussprechen. Denn mir hätte es auch das Herz gebrochen, erneut Abschied zu nehmen, wo man sich gerade wieder nähergekommen wäre. Für mich war es trotz allem notwendig gewesen. Für meine Sicherheit. Doch dich hätte dieses hin und her verletzt und davor wollte ich dich beschützen.«

»Ach, wenn du also die Situation als sicher empfunden hättest, hättest du endlich mit mir gesprochen? Dann hättest du sie mit in die WG gebracht und dann so getan, als wäre die Welt völlig in Ordnung?« Haley spricht laut und ausfallend. Ich verstehe ihre Wut, auch wenn sie plötzlich erscheint.

Ich lasse mich nach hinten fallen und richte den Blick auf meine Hände. »Ja.«

»Und wann, Will? Wie lange standest du schon wieder mit ihnen in Kontakt? Wann wärst du der Meinung gewesen, mir Bescheid zu geben? Wenn sie dich als ihren Sohn bezeichnen?« Inzwischen schreit Haley.

»Das war alles nicht gut durchdacht und ich verstehe deine Wut. Ich war dumm. Aber ich wusste ja, wie sehr sie dir fehlen und -«

»Genau, weil du so viel Rücksicht auf mich nimmst, lässt du mich nicht teilhaben. Schon klar.«

»Haley, bitte.« Tränen lassen meine Sicht verschwimmen. Ich bin voller Schuld und Selbsthass, selbst das Atmen fällt mir schwer. »Ich weiß, dass ich anders hätte handeln sollen. Deswegen bin ich ja jetzt hier. Ich will das wieder gut machen. Ich will, dass du verstehst, dass ich niemals beabsichtigt habe, dich zu verletzen.«

»Das hast du aber.« Jetzt klingt sie bockig.

»Das weiß ich auch und das tut mir leid.«

Schweigen. Ich lasse sacken, was Haley gesagt hat. Genau, wie meine eigenen Worte. Ich beobachte die Möwen in der Ferne. Die Wellen, die sich mal sanft, dann rau an den Strand legen.

»Ich hätte nicht so wütend werden sollen«, bricht Haley die Stille nach einer Weile.

»Doch hättest du. Das ist okay. Ich habe es nicht anders verdient.«

»Nein. Doch. Ich glaube, ich muss das erstmal sacken lassen. Das ist alles viel zu viel.« Haley schüttelt den Kopf, vergräbt ihr Gesicht in ihren Händen und ihre Schultern beginnen zu beben.

»Darf ich dich umarmen?«, frage ich, weil ich absolut keine Ahnung habe, wie ich reagieren soll.

»Nein. Ich … Sorry.«

Und genau dieser Moment bricht mir das Herz.

Kapitel 3

Celine

Ich ziehe den Reißverschluss meiner Jacke zu, setze die Mütze auf und schaue aus dem Fenster. Dylan fährt mit seinem Auto vor, da stürme ich schon aus dem Café. Draußen nieselt es. Das Wetter ist ungemütlich, die Luft frisch und ich wünschte, ich hätte mehr als nur zwei Stunden. Und gleichzeitig freue ich mich unendlich darauf, Zeit mit meinem Cousin zu verbringen.

Früher haben wir das oft getan, dass er mich eingesammelt hat und wir dann gemeinsam eine kleine Fahrt zu seinen aktuellen Projekten gemacht haben. Seit er angefangen hat, Häuser für Ian Baker zu renovieren, war ich fasziniert davon. Sein Hauptjob bei der Dachdeckerei und Zimmerei der Familie hat mich nicht sonderlich interessiert. Aber miterleben zu dürfen, wie aus verkommenen Gebäuden richtig bewundernswerte Zuhause werden, empfinde ich als aufregend.

Leider hat Lou das schon nicht mehr mitbekommen. Meine beste Freundin ist vor einem halben Jahr urplötzlich nach Europa gereist und hat seit dem nichts mehr von sich hören lassen. Das ist nicht nur für mich schwer, sondern auch für meinen Cousin. Die beiden sind seit Kindheitstagen befreundet und hatten eine kleine Romanze am laufen, von der sie gehofft haben, sie geheim halten zu können. Nur habe ich schnell gemerkt, dass sich etwas zwischen den beiden geändert hat.

Auf Anrufe und Nachrichten reagiert Lou nicht. Wenn ich jetzt darüber nachdenke, kann es mir gar nicht mehr wehtun.

Immer wenn ich Dylan sehe, erscheint Lou vor meinem inneren Auge. Und ich weiß, dass es ihm in meiner Nähe genauso geht. Denn seitdem sie gegangen ist, kommen solche kleinen Ausflüge, wie wir sie heute machen, zu kurz.

Ich reiße die Beifahrertür auf, flüchte aus dem Regen und sehe meinen Cousin breit grinsend an. Er entgegnet dieselbe Mimik und reicht mir dann eine Coladose. Mein Gehirn denkt gleich wieder daran, wie scheiße das Aluminium ist und mir der ganze Zucker darin nicht bekommt, aber mein Herz sagt mir, diese zwei Stunden zu genießen.

»Endlich!«, sagt Dylan und setzt sein Auto in Bewegung. »Pass auf: Wir fangen klein an und dann zeige ich dir etwas, was dich aus den Socken hauen wird. Du bist die Erste, die überhaupt davon erfährt. Es sieht und-«

Breit grinsend schüttelt er den Kopf und alles, was ich wahrnehme, ist die Freude in meinem Herzen, weil ich sehe, wie glücklich er ist, wenn er über diese Neuigkeiten spricht. Das wird auch langsam Zeit. Seit einem halben Jahr sieht man ihn selten so strahlen.

»Ich bin gespannt«, entgegne ich schmunzelnd.

Als er wieder wegsieht, verschwindet sein Lachen. Augenblicklich überkommt mich der Gedanke, dass er sich mit dieser Fassade doch nur etwas vormachen könnte.

Dylan startet den Wagen und wir fahren die Straße hinunter bis zum Strand. Die Einkaufsmeile fliegt an uns vorbei. Ich sehe aus dem Fenster, lausche der Musik aus dem Radio und verliere mein Herz im Ausblick. Das Meer ist rau, grau und scheint endlos. Endlos verlassen und vielleicht genau deswegen so schön.

»Wie geht es dir? Was macht das Café?«, fragt Dylan seine übliche Frage und ich sehe grinsend zu ihm.

»Das Café steht noch, ich lebe noch: Also alles beim Alten. Und bei dir?«

»Gut. Sehr gut. Die Arbeit läuft. Sehr gut sogar.«

»Aber meinst du nicht, dass dein Leben aus mehr als Arbeit bestehen sollte?« Die Frage kommt mir über die Lippen, ehe ich noch einmal darüber nachgedacht habe.

Ich blinzle, einmal, zweimal. Hätte ich besser nicht …? Fuck. Dylans freundliches, beinahe übertriebenes Lächeln verrutscht für einen Moment. Dann lacht er plötzlich auf, verschluckt sich und hustet.

»Ach Celine … Willst du nicht erst mal herausfinden, woraus dein Leben überhaupt bestehen soll, ehe du so über meins urteilst? Immerhin arbeitest du ebenfalls nur den ganzen Tag für deine Mutter und lässt deine eigenen Ziele dafür schleifen.«

Ich schlucke den Schmerz hinunter. Nicht, weil ich es auf die leichte Schulter nehme, was er sagt, sondern weil er mich damit verletzen will, wie ich ihn mit meinen Worten verletzt habe.

»Tschuldigung«, flüstert er.

»Tut mir auch leid«, flüstere ich zurück. »Das war nicht … Ich wollte nicht … Ich habe das Gefühl, dass da noch etwas ist, was dich bedrückt. Ich habe auch eine Vermutung was, aber …«

»Es bringt nichts, über Lou zu sprechen«, sagt Dylan deutlich. »Die Arbeit und besonders das Projekt, das ich dir gleich zeigen werde, hält mich momentan bei Verstand. Wenn ich mehr arbeite, als gut für mich ist, dann nehme ich das in Kauf.«

Ich will ihm widersprechen. Will ihm sagen, dass es gut ist, was er fühlt. Dass er es aussprechen muss, ehe es besser wird, aber ich werde das Gefühl nicht los, dass er sich bereits entschieden hat und nichts seine Mauern um sein Herz einreißen kann. Die Einzige, die das könnte, ist Lou. Und trotz all der Zweifel, will ich die Worte auszusprechen, die mir auf der Zunge liegen, weil auch mein Herz gebrochen ist.

»Sie fehlt mir auch. Sie fehlt mir schrecklich. Sie war und ist meine beste Freundin und das auch, wenn ich vielleicht nicht ihre war. Ich -«

»Hör sofort auf, über sie zu sprechen!« Dylan klingt panisch. Ich versteife mich. Mein Cousin umklammert das Lenkrad so fest, dass sich seine Fingerknöchel weiß abzeichnen. Er schluchzt und unterdrückt es gleich mit einem Husten. Alles in meinem Brustkorb zieht sich schmerzhaft zusammen.

»Wenn du deine Meinung änderst, weißt du, wo du mich findest.« Dylans Miene ist nachdenklich. Er verzieht die Mundwinkel, schaut aber direkt auf die Straße. Ich bin so darauf konzentriert, zu verstehen, was in ihm vorgeht, dass ich erst merke, dass er geparkt hat, als Dylan seinen Gurt löst und aussteigt. Ich sehe durch die Windschutzscheibe zu einem Haus. Besser gesagt: einer Villa. Sie ist riesig. Große Fenster. Sicherlich ein wunderschönes Zuhause, wenn es nicht so heruntergekommen wäre. Vor der Eingangstür liegt eine Veranda, von dessen Dach einige Holzbalken herunterhängen.

»Kommst du?« Als Dylan die Fahrertür schließt, löse ich meinen Gurt und rutsche aus dem Sprinter. Er steht bereits auf der Veranda, da verriegelt sich das Auto, während Dylan und ich uns betrachten. Dicke Regentropfen fallen auf mich herab, während ich zu Dylan unter das Dach trete. Wir betreten das Haus und ich bin beeindruckt von der Dunkelheit. Der Einsamkeit. Ein kalter Schauder läuft mir den Rücken hinunter.

Dylan und ich sitzen oben im Schlafzimmer mit Blick aufs Meer und trinken die Cola, die Dylan uns mitgebracht hat. Der Estrich ist kalt an meinem Hintern. Doch ich würde alles in Kauf nehmen, damit ich Dylan länger zuhören kann.

Er erzählt mir die Geschichten der Familie, die hier bis vor einiger Zeit gelebt hat. Die Anspannung zwischen uns ist noch immer spürbar. Aber trotzdem berichtet er ungehalten davon, dass die Frau ihren Mann in diesem Haus ermordet hat und anschließend ins Meer gelaufen und nie wiedergekommen ist. Ich fühle mich angespannt und unwohl, wenn ich daran denke, dass ein Mensch, wie Dylan und ich, in genau diesem Raum gestorben ist. Ermordet. Tot. Nicht mehr hier. Jedenfalls nicht körperlich.

Vielleicht ist es meine Liebe zu Stephen King, die dafür sorgt, dass ich es jedes Mal aufs Neue unfassbar aufregend finde, von den Abgründen unserer Menschheit zu erfahren. Sein Argument, dass wir für jede gute Eigenschaft eine schlechte in uns tragen, lässt mich öfter innehalten, als mir lieb ist.

Wir Menschen reden immer von Positivität und wünschen uns den ewigen Frieden. Aber kann es Liebe ohne Hass geben? Brauchen wir nicht manchmal einen schlechten Moment, um den nächsten Schönen überhaupt genießen und erleben zu können?

Ist es denn wirklich schlecht, wenn mal nicht alles perfekt läuft?

Ich löse den Blick vom Meer und sehe Dylan an.

»Was meinst du, hat dazu geführt, dass ihre Liebes- und diese Familiengeschichte so tragisch endete?«

Er atmet tief ein. »Ich weiß es nicht. Vielleicht haben sie nicht gut genug kommuniziert? Vielleicht haben sie sich in ihren Lügen verloren? Wer weiß das schon so genau.«

Ich brumme nachdenklich. »Ich würde auch so gern mit Lou über das sprechen, was passiert ist. Warum sie gegangen ist.«

»Bitte lass das Celine. Bitte lass uns den Namen Lou vergessen.«

»Aber was ist, wenn wir dadurch nicht besser sind, als die Leute, die sich gegenseitig das Leben nehmen und …«

»Celine«, ermahnt er mich. Ich zucke zusammen und richte meinen Blick wieder auf die Wasseroberfläche.

Ich schweige, bis ich ihn neben mir schluchzen höre. Überrascht drehe ich mich zu ihm. Eine Träne läuft Dylans Wange hinunter und er will sie gerade wegwischen, vermutlich, um sie vor mir zu verbergen, doch es ist zu spät.

»Sie fehlt mir auch so sehr«, raune ich, rutsche ein Stück zu ihm und lege meinen Kopf auf seine Schulter.

»Ich wünschte, sie würde wieder kommen«, flüstert Dylan. Seine Stimme bricht.

Wir fahren durch das neue Industriegebiet. Es liegt zwischen Westfield und Lunar Beach und ich weiß noch genau, wie Lou und ich hier gegen den Bau demonstriert haben. Das Gebiet ist in der Nähe des Moores und wurde dadurch nicht mehr bewirtschaftet. Wir haben zwar das Meer und den Wald und doch ist es schön gewesen, dieses Stückchen Natur zu beobachten. Spaziergänger sind über die Wiesen gelaufen. Lou und ich haben es uns damals zur Aufgabe gemacht, hier Müll zu sammeln.

Bei dem Gedanken an sie zieht sich mein Herz schmerzhaft zusammen. Nur ist sie überall. Meine beste Freundin ist in jeder Ecke, jedem Gedanken und jedem Winkel. Genau das macht es so schwer, sie zu vergessen oder zu verdrängen, wie Dylan es versucht.

Just in diesem Moment fährt mein Cousin die Auffahrt zu einer kleinen Halle hoch. Wenn ich es nicht besser wissen würde, würde ich behaupten, dass das hier eine Werkstatt ist. Aber wofür?

Wir parken, Dylan löst seinen Gurt, hat die Hand am Türöffner, da dreht er sich erwartungsvoll in meine Richtung. Er presst die Lippen aufeinander, zuckt mit den Augenbrauen.

»Wollen wir?«

Ich nicke, schnalle mich ebenfalls ab und steige als Erste aus dem Wagen aus. Dylan folgt mir, geht zu einer weißen Eingangstür und steckt den Schlüssel ins Schloss. Ich lasse meinen Blick am Gebäude entlang wandern. Es gibt zwei große Tore, die sich nach oben hin öffnen. In ihnen gibt es eine Art Fenster, doch sie lassen nur schemenhaft erahnen, was sich hier drinnen befinden könnte.

Es sieht nach Autos aus.

Aber seit wann hat Dylan etwas mit Mechanik zu tun? Seine Leidenschaft ist das Arbeiten mit Holz.

Ich runzle die Stirn und versuche zu verstehen.

»Kommst du?«, fragt Dylan mich von links und ich drehe mich zu ihm. Er hält mir die Tür auf und deutet mit der Hand an, dass ich eintreten soll.

»Ich bin ganz aufgeregt«, sage ich und kichere.

»Und ich erst!« Dylan macht große Augen, fordert mich mit einer Kopfbewegung erneut auf, die Halle zu betreten.

Mit zittrigen Knien bewege ich mich auf den Eingang zu. Ich trete über die Schwelle und vor mir erstreckt sich eine Werkbank. Gegenüber liegt eine weitere Holztür. Ich sehe perfekt sortierte Regale, saubere Oberflächen und als ich etwas weiter in den Raum gehe, entdecke ich zwei alte Sessel und einen kleinen Tisch. Ich schmunzle bei dem Gedanken, wie gemütlich es hier aussieht, bis ich weiter nach rechts schaue und zwei Sprinter sichte.

Also habe ich mich nicht getäuscht. Aber ...?

»Was genau ist das hier?«, frage ich an Dylan gewandt, der die Tür wieder hinter mir schließt. Er grinst breit.

»Ich habe aktuell nicht die Möglichkeit, selbst zu verreisen, aber ...« Kurze Pause. »Ich bewundere diesen Lebensstil. Und ich weiß, wie viel Freude es mir bereitet, anderen dabei helfen zu können, ihn auszuleben.«

»Nun komm zum Punkt«, fordere ich ihn auf. Ich lache auf. Das hier ist neu und unerwartet und ich bin ehrlich sprachlos. »Was machst du hier?«

Dylan geht auf den vorderen Wagen zu. Er zieht die Seitentür auf und ich staune. Das hier ist kein Baustellenfahrzeug, sondern ein Zuhause.

»Tada!«, ruft er und lacht. Als sich unsere Blicke kurz kreuzen, erkenne ich, wie rot seine Wangen sind. Er mustert mich eingehend und mir wird schlagartig bewusst, wie wichtig ihm meine Meinung ist.

Doch weil auch ich so nervös bin, richte ich die Aufmerksamkeit schnell wieder auf das, was hier vor mir liegt.

»Darf ich rein?«, frage ich und er nickt.

Ich klettere in den Van, lasse meine Hand über die Küchenfläche fahren und sehe kurz zur Fahrerkabine durch. Anschließend auf das Bett. Dylan folgt mir in das Auto.

»Ich habe bewusst einen Sprinter gekauft, der schön hoch ist, damit man hier stehen kann und dennoch kurz genug, damit man gut rangieren kann. Deswegen kann man aus dem Bett einen Tisch und zwei Bänke machen. Das sparrt Platz.«

Er baut das, was ich als Matratze gehalten habe, auseinander. Die Kissen aus der Mitte werden zu Rückenpolstern. Ich erkenne die Holzplatte darunter und Dylan zieht sie hoch. In noch nicht einmal einer Minute wirkt der Wagen ganz anders. Noch etwas größer und geräumiger als zuvor schon. Er rutscht durch, öffnet die Hecktüren und lässt sich auf das schwarze Polster fallen.

Er strahlt und ich tue es ihm gleich.

»Stell dir vor«, beginnt er und legt die Hände auf den Tisch. »Hier hast du deinen Laptop stehen, daneben einen Kaffee und« – er deutet aus dem Wagen hinaus – »dort liegt das Meer oder ein See. Wir haben Sommer und niemand hat eine Erwartungshaltung an dich. Du bist frei und kannst nur das machen, was du liebst. Wäre das nicht der absolute Traum?«

Ich lächle, setze mich ihm gegenüber und denke doch insgeheim daran, dass das immer der gemeinsame Traum von Lou und Dylan war. Eine Reise mit dem Van durch Europa. Ich weiß nicht genau, warum sie unbedingt von hier weg wollen. Kann nur erahnen, dass sie gehofft haben, dass dort niemand Fragen stellt, wenn sie einander die Zuneigung zeigen, die sie füreinander empfinden. Doch das traue ich mich nicht auszusprechen.

»Was sagst du?«, fragt er nach und ich bemerke, dass ich noch gar nichts gesagt habe.

»Ich bin unfassbar stolz auf dich, Dylan!«, beginne ich, weil es der Wahrheit entspricht. »Aber ich frage mich, wo das alles herkommt. Das hier ist so plötzlich. Warum hast du vorher noch nichts von dieser Werkstatt erzählt? Wie kommst du da überhaupt drauf? Was ist das hier für ein Ort, Dylan?« Ich lache, weil mich meine Gefühle übermannen. Sorge mischt sich unter den Stolz, den ich empfinde.

»Ich wusste schon immer, dass ich gern etwas Selbstständiges machen möchte. Dass ich ein Projekt brauche, das nur mir gehört. Lou und ich haben früher oft darüber gesprochen, dass wir uns zusammen so einen Wagen ausbauen möchten. Damals habe ich schon immer heimlich darüber nachgedacht, ob das hier nicht etwas sein könnte, was irgendwann mein Job ist. Sie hat diese sehr ... egoistische Entscheidung getroffen und das habe ich auch. All das Geld, das ich bei Ian verdient habe, habe ich beiseitegelegt. Ich bin durch ihn an diese Halle gekommen. Und jetzt ist dieser Van hier verkauft und das Geld kann ich in die nächsten Projekte stecken. Ich kann vorsorgen für Chrissi und mich. Das ist am wichtigsten.«

Ich schlucke, als der Name meiner Cousine fällt. Als die Mutter von Dylan und Chrissi gestorben ist, standen sie vor dem Nichts. Die Familie Baker hat die beiden sehr unterstützt und dennoch war es Dylan immer wichtig genug Geld zu verdienen, dass er für seine drei Jahre jüngere Schwester sorgen kann. Ich bewundere ihn für seinen Mut und den Ehrgeiz. Seine Kraft, das alles allein zu stemmen. Aber noch mehr freue ich mich darüber, dass das hier wirklich danach klingt, als wäre er endlich unabhängiger. Selbstständig. Ich glaube, das ist ein Wort für die beiden, das sie sehr früh leben lernen mussten.

Doch bei seinen dunklen Augenringen schlucke ich dennoch. Denn diese Freiheit hat ganz offensichtlich seinen Preis.

»Du hast den Job in der Zimmerei und Dachdeckerei, bei Ians Firma und das hier?«, frage ich ihn.

Dylan atmet tief ein. »Ja. Und das ist sehr viel momentan, aber ... Ich werde bei Ian aufhören. Wir haben schon darüber gesprochen und am Ende des Jahres ist Schluss. Das wird mir nicht leicht fallen, aber es ist notwendig. Außerdem arbeite ich bei den Bakers nicht mehr am Wochenende. Jedenfalls dann nicht mehr, wenn das Wetter schlechter wird. Jetzt sind wir ja noch froh, dass die Verhältnisse diesen Herbst so gut sind, dass wir einige Projekte abschließen können.«

Ich nicke. Doch eine Frage bleibt. »Wie viele Stunden arbeitest du in der Woche, Dylan?«

»Sechzig. Manchmal siebzig.«

»Und wann zur Hölle hast du dann diesen Van ausgebaut?«

Er sieht verlegen auf seine Hände. »In den Nächten und Stunden, in denen ich wegen Lou nicht schlafen konnte.«

Ich stehe von der Bank auf, setze mich zu ihm und lege meine Arme um seine Schulter. Dylan beginnt zu weinen. Ich spüre seine Erschöpfung, als wäre es meine Eigene. Vielleicht, weil es so ist. Weil wir dasselbe empfinden. Und weil es kein Ende nimmt.

Egal, wie sehr wir leiden, wie wir versuchen, die Erschöpfung zu kompensieren. Ob mit durchgearbeiteten Nächten oder viel zu viel gegessener Schokolade.

Lou wird dadurch nicht wiederkommen.